僕らの夜明けにさよならを

沖田 円

STARTS
スターツ出版株式会社

言いたかったことがある。言えなかったことがある。
やりたかったことがある。抱き締め続けた思いがある。
あの日から、どうしても消えない後悔がある。

もしも、もう一度会えたなら、
一番に、あなたに伝えたいことがある。

目次

僕らの夜明けにさよならを

一章・雨の中の天秤

目の前にわたしがいた。

白いシーツのベッドに寝かされ、体には何本もの管が繋《つな》げられていた。右目と頭に当てたガーゼには少し赤色が滲《にじ》んでいて、顔に着けた酸素マスクは一定のリズムで曇っている。

そばに置かれた機械からは、無機質な音が鳴り続けている。

ベッド脇のパイプ椅子にはお母さんが座っていた。血が止まってしまったかのような白い顔をして、お母さんはじっと、寝ているわたしの顔を見つめていた。声をかけても振り向かない。わたしの声が、まるで聞こえていないみたいに。

ふと、誰かがこちらへ近づいてくるのに気づく。白いユニフォームを着た女の人だ。

その人は眠るわたしの顔を覗《のぞ》き、機械のモニターと点滴を確認するとすぐにその場を離れた。わたしには……ベッドに寝ているわたしではなく、ここに立っているわたしには、一切見向きもしなかった。

目の前のわたしは左目を閉じ、身じろぎひとつせず眠っている。

そのもうひとりのわたしを、わたしは、誰にも気づかれることなく見下ろしている。

……何がどうなっている？

わたしに一体、何が起こっている？

「日野青葉《ひのあおば》」

声に振り返る。

寝ているわたしの足元に、ひとりの男の子が立っていた。

わたしと同じくらいの歳だ。見たことのない、知らない男の子。

知らないはずなのにわたしの名前をはっきりと呼んだ、その人と、目が合った。

どこか冷たいその視線は、間違いなく、わたしのことを見ていた。

◇

「ねえ青葉、このあと遊びに行くんだけど青葉も来ない？」

帰り支度をしていると、クラスメイトに声をかけられた。わたしはペンケースとノートを適当に放り込んだ鞄《かばん》を肩にかけ、片手で『ごめん』のジェスチャーをする。

「これからバイトなんだよね」

「今日も？　今週ずっとじゃない？」

「大学生の人が、レポートの提出期限が近いみたいで休んでてさ。代わりにわたしが入れるところは全部出ますって言っちゃったんだ」

「マジ？　大変だねえ。無理しないようにね」

「ありがと。また誘って」

手を振って、まだ人の多く残っている教室を出る。

授業が終わった直後の学校はどこもかしこも賑《にぎ》やかだ。部活へ向かう人。帰る準備をする人。補習を受ける人。まだしばらく居残って友達とお喋《しゃべ》りをする人。生徒と先生が行き交う廊下は、そこら中から笑い声と足音が聞こえてくる。

毎日同じ日を繰り返しているみたいな変わらない日常。

いつもどおりの放課後の始まる校舎を、昇降口まで向かっていく。

すると、渡り廊下の真ん中で、

「青葉」

と呼ぶ声が聞こえ、足を止めた。

「恭弥《きょうや》」

振り返ると、見慣れた顔が立っていた。わたしを捜して追いかけてきたのだろうか、少し暑そうに、伸びた前髪を掻いている。

鞄を持っていないからまだ下校するつもりではないみたいだ。一緒に帰ろうと誘いに来たわけではないらしい。

どうしたの、と言おうとしたら、恭弥が先に口を開いた。

「おまえ、今日もバイト?」

その口調と表情で、恭弥の言いたいことをなんとなく察した。

面倒くさいことになりそうだと何も言わずに歩き出す。恭弥は懲りずにあとを追ってくる。

「夜までなんだろ？　ここんとこ毎日じゃねえか」

「そうだけど、だから何？」

「無理してんじゃねえのかって言ってんだよ。いくらおまえでもそのうち体壊すぞ」

「平気だって。ごはんは食べてるし、それなりに寝てるし」

「そうやって自分は大丈夫だって思ってるから余計に心配なんだよ。現におまえ、今日ちょっと顔色悪いぞ」

わたしは隠すことなく大きなため息を吐いた。思ったとおり、恭弥はお節介モードに入っているみたいだ。

この幼馴染《おさななじ》みは昔から度々余計なお世話を焼いてくる。やれ給食を残すなだの、やれあの子と仲直りしろだの、やれ体調が悪いなら無理せず休めだの。

他の友達からは『恭弥くんはクールで大人びている』と言われているらしいが、わたしは全然そう思わない。むしろしつこい小姑《こじゅうと》みたいだ。

「ねえ恭弥、話ってそれだけ？　わたしバイトに遅れちゃうから、もう行くよ」

一度立ち止まり振り返る。いつの間にか頭ひとつ分身長差のついた幼馴染みは、小さい頃から変わらない視線でわたしを見下ろしていた。

「あのな、おまえのこと、おばさんも心配してんぞ」

恭弥が言う。

「家のことなんて気にせずにおまえの好きなように時間を使えばいいって言ってた。なあ青葉、あんま意地張るのもいい加減にしとけよ。家のためにって頑張るのもいいけど、おまえ自身の負担になることをおばさんは望んでねえよ」

「……言われなくても、わたしは自分の時間を好きに使ってバイトしてる」

「するなとは言わねえよ。ただ不必要な無理はするなっつってんだ」

「あのね恭弥」

思わず口調が強くなる。

反して、視線は逃げるように恭弥の目からずらしていた。

「あんたにどうこう言われるまでもなく、自分のことくらい自分で管理できるから」

「青葉」

「わたしがどうしようと恭弥には関係ないでしょ」

「関係ねえとか、そんなの……」

恭弥は濁すようにして口を噤《つぐ》んだ。

その隙にわたしは踵を返し、ふたたび昇降口に向かって歩き出す。

「わたしのことはほっといて。じゃあね」

「おい青葉！」

背中越しに恭弥の声が聞こえていた。もう足は止めることなく、幼馴染みを振り返ることもなかった。

コンビニでのバイトは高校に上がった直後から始めた。もう一年半になる。顔触れの変わらないパートさんたちと違い学生バイトは出入りが激しく、わたしの年数でもすでにベテラン扱いされている。

平日の勤務は大体十七時から二十二時まで。家に帰るのは面倒だから、学校から直接バイト先まで行き、裏で腹ごしらえをしてから勤務することにしている。

いつものように二十分前に入店し、カウンターから繋がるバックヤードで夕飯代わりのチキンを食べていると、「ねえ」と呼ばれ顔を上げた。わたしと交代で退勤するパートのおばちゃんが、壁に貼られたシフト表を見ていた。

「青葉ちゃんって学費とか自分で払ってるんだっけ？」

「ううん。どうしてですか？」

「だって、今週ずっと休まず入ってるじゃない」

「ああ」と頷《うなず》く。

「うち母子家庭じゃないですか。だから、なるべく親に負担かけないように自分ででできることは自分でしようって思って」

「あら、偉いわねえ」

「偉い、のかなあ」

　チキンを半分だけ食べて、残りはゴミ箱に捨ててしまった。大好物なはずなのに、どうしてか胃が受け付けず食べる気にならなかった。

　ロッカーに入れていたTシャツとジーンズを引っ張り出し、学校の制服から着替え、ユニフォームを羽織る。髪は結ぶほどの長さがないから、邪魔にならないよう耳にだけ掛けておいた。

　時間は十七時の五分前になっていた。タイムカードを押し、一度ぐっと伸びをしてからカウンターに出る。ほんの少し立ちくらみがしたけれど、一瞬だけだったから気にしないことにした。

「うちの息子も青葉ちゃんを見習ってほしいわあ。もう大学生なのに親のすね齧《かじ》ってばっかりなのよ」

　ふたりでレジの点検を行っている間、おばちゃんがしみじみと呟《つぶや》いた。さっきの会話の続きだろうか、おばちゃんは、わたしのことを自立したしっかり者だと思っているみたいだ。

「でも、わたしもバイトしてるのって、家のためじゃなく自分のためなんですよね」

コインカウンターにレジの小銭を入れながら、なんとなくそう答えた。

「なんて言うのかな、罪悪感から逃れるための逃げ道を作ってるのかも」

「罪悪感？」

「そう。なんか時々、わたしがいなかったらお母さんはもっと自由に、幸せに生きられるのかなあとか考えちゃうんです」

わたしが小学校に入ってすぐ、両親が離婚した。わたしはお母さんに引き取られ、以来、親子ふたりだけの家庭で育った。

片親だったことで苦労した経験はあまりない。お母さんが安定した収入を得られる職に就いていたこともあって、経済的に困ったこともそれほどないし、嫌な思いをしたこともなかった。

けれど、お母さんはそうではなかったはずだ。

高学年になって、中学生になって、少しずつ身のまわりのことを理解するようになって、もしも、と考えるようになった。

もしもわたしがいなければ、お母さんはもっと好きなように生きられたのかな、と。

「だから、自分はお母さんの負担になっていないって思いたいのかもしれないです」

そこまで言って、はっとした。つい変な話をしてしまった。

「あ、でも別に、お母さんと仲が悪いわけじゃないんですけど」

慌てて笑顔を浮かべたけれど、おばちゃんは眉を寄せて、苦いものでも食べたかのような顔をしていた。

「あのね青葉ちゃん」

と、レジの付近にお客さんがいないのを確認してから、作業の手を止めわたしと向かい合う。

「あたしも人の親だからわかるけどね、親ってのは子どもが思っている以上に、子どもに力をもらっているものなの」

「……力？」

「そう。確かにひとりで子どもを育てるのはとっても大変よ。綺麗《きれい》ごとばかりじゃない。でもね、お母さんは、あなたがいるから頑張れる。そういうこともあると思うよ」

おばちゃんはわたしの肩を力強く叩《たた》き、にいっと笑った。

わたしは、笑い返すことができなかった。


二十二時ちょうどにバイトを終え、夜勤の人に挨拶をし、店を出た。

雨は朝から降り続いている。安物の赤い傘をぱっと開いて、水溜まりだらけの道に一歩踏み出す。

時間も遅いしこの天気だ。それでも金曜ということもあってか、街はまだ明るく賑やかだった。

大通りの交差点で信号待ちをしながら、雨を避ける傘の中で、お母さんに【今から帰る】とメッセージを送った。わたしの送った内容はすぐに既読マークが付き、お母さんから【気をつけて帰っておいでね】と返事が届いた。

「……」

パートのおばちゃんは、わたしがお母さんの力になっている、だなんて言っていたけれど。そんなの本当だろうか。わたしは本当に、お母さんのためになれているのだろうか。

お母さんは、わたしの前で弱音を吐いたことがない。いつだって元気に笑っていて、わたしのしたいことはなんでもさせてくれたし、欲しい物も買ってくれた。わたしにはお父さんがいなかったけれど、お母さんがいたから、お父さんが欲しいと思ったことは一度もなかった。

でも、お母さんは本当に、弱音を吐きたいときがなかったのだろうか。

小学生のときに、たまたま夜中に目が覚めて、まだ明かりの点いていたリビングをこっそり覗いたことがある。そのときに、お母さんが疲れた顔をしてぼんやりとしているのを見てしまった。

わたしは、お母さんもこんな顔をするんだとはっとした。そして、今までもきっと何度もこうしていたはずなのに、その姿を決してわたしには見せていなかったんだということに気づいた。

中学生のときには、お母さんの知り合いから、お母さんが職場の同僚に申し込まれた交際を断っていたことも聞いた。今は子どものことを第一に考えたいからって理由だったのだと。知り合いの人は、お母さんがわたしをどれだけ大事に思っているかを伝えたくてその話をしてくれたみたいだった。でもわたしは、嬉しさよりも、別の思いを強く抱いてしまった。

もしかしたら、わたしがお母さんの重荷になっているんじゃないかって。わたしがいなければ、お母さんはもっと自由な人生を送っていたのかもしれないって。

そう思うと申し訳なくて、早く大人にならなければいけないと考えるようになった。だから自分なりに自立できるよう頑張ってきたのだ。できるだけ、お母さんの負担にならないようにしようと。

「わたしがいるから頑張れる、かあ」

別に、いなくなりたいなんて思っているわけではない。お母さんのことは好きだし、大事にされている自覚だってある。

でも、もしもお母さんの人生にわたしがいなかったらとは、たまに考えてしまう。

もしもわたしがお母さんの前からいなくなったら、お母さんは、どんな顔をするのだろう。

「……難しいな」

周囲に聞こえないよう小さくひとりごとを呟いた。

信号はまだ変わらない。車道には車がたくさん走り、歩道では仕事終わりのサラリーマンや居酒屋を渡り歩く大学生たちが一緒に青信号を待っている。傘に降り落ちる雨の音が絶えず鳴っていた。雨の日の独特の匂いが、足元から強く濃くのぼってくる。

手に持ったままのスマートフォンをちらりと見た。お母さんを一番上にしたトーク履歴の五番目に、幼馴染みの名前があった。

……恭弥にも、おばちゃんと似たようなことを言われたっけ。

いちいちうるさいといつも邪険にしてしまうけれど、本当は、恭弥がわたしを思って言ってくれているんだってことくらいわかっている。むきになるのは図星だから。

恭弥に見透かされているのが悔しくて、つい意地を張ってしまうのだ。

小さい頃はなんでも言い合えたし、相手の思いやりも素直に受け止められたのに、いつからそんな簡単なことすらできなくなったのだろう。

自分のことは自分でできるって大人ぶってみたところで、それこそ子どもみたいで、かっこ悪くて情けない。

「……」

さすがに反省の心が芽生え、恭弥とのトーク画面を開いた。けれど、わざわざメッセージを送ってまで言うことでもないかと、何も打たずに閉じた。次に学校で会ったときにでも声をかければいい。

スマートフォンを鞄にしまう。目の前の信号はまだ赤だ。横の歩行者信号が点滅し始めたから、あと少しで青に変わる。

後ろから賑やかな声が聞こえていた。お酒の入った大学生が随分盛り上がっているようだった。

ひと際背後が騒がしくなったとき、「あ」という声とともに、背中にどんと何かがぶつかった。

咄嗟《とっさ》に足を踏み出す。けれどどうしてか力が入らず、支えきれなかった体がふらりとよろけた。

バランスを崩したわたしは、二歩三歩とふらつき、立ち止まった。

立ち止まった場所は、太い白線の上――まだ赤信号のままの、横断歩道の上だった。

これは、まずい。

そう思ったときには目の前に大きなヘッドライトが見えていた。

傘が風に流される。雨の線が光を受けて、描いたみたいにはっきりと浮かんだ。

甲高いブレーキ音と、誰かの悲鳴が聞こえた。

世界が、やけに鮮明だった。

◇

気づくと知らない場所に立っていた。

大袈裟《おおげさ》なベッドが等間隔で並んでいる、広い部屋の片隅に立っていた。

各々のベッドのそばには数個のモニター類が設置され、そのうちのいくつかが無機質な音を淡々と響かせ続けている。

わたしは呆然と辺りを見回した。見た限り、ベッドは使われているものと無人のものとがあるようだ。誰かがいるのだろうベッドの脇には、見慣れない機械や点滴のバッグがぶら下げられている。

室内には、白いユニフォームを着た人が数名いた。忙しく動き回る彼らは、誰もわたしのことを気にしていないようだった。

「……」

ここは、おそらく病院の中だ。病院の、一般病棟ではないところ。似たような場所をテレビで見たことがある。たぶん、重症の患者さんが入る部屋なのだと思う。

自分がどうしてここにいるのか、まったく覚えがなかった。

わたしは怪我《けが》も病気もしていない。体に痛みはなく、自分の手足を動かしてみても、どこも不自由なところはない。ベッドに寝かされるどころかさっきからずっとこうして突っ立っているくらいだし。着ている学校の制服も多少しわがあるだけで綺麗そのもの。病院に来る理由なんて見当たらなかった。

なら、わたしはどうしてここにいる？

どうして、気づいたらここにいた？

「あの」

と、近くを通った看護師さんに声をかけてみた。

しかしその人はわたしの声がまるきり聞こえていないかのように、振り向きもせずに通り過ぎてしまった。

「……無視」

ショックを受けながら、とぼとぼと視線を自分のそばへと戻す。

わたしの目の前にあるベッドに、寝ている人がいた。酸素マスクが着けられ、いくつもの機械と管で繋がり、点滴を絶えず落とされている。

大怪我をして運ばれてきたのだろうか、頭全部と右目までを覆うようにガーゼが貼られていた。シーツから出された両腕にも包帯が巻いてある。白いガーゼには、ところどころ赤い染みが滲んでいた。

眠っているようで、唯一隠されていない左目はずっと閉じられたままだ。

なんとなく、その人のことが気になった。

もっと近くで顔を見ようと、一歩足を踏み出しかけた。

そのとき。

「こちらです」

と声がし、振り返る。

開いた自動ドアの向こうから、看護師さんに連れられ、わたしのお母さんがやってきた。

「あ、お母さん！」

「……青葉」

お母さんは、着古した長袖のTシャツと安いスウェットパンツを着ていた。パジャマ代わりの部屋着だ。髪も適当に結っているだけでところどころに後れ毛がある。お母さんは普段、近くのコンビニに行くときだってこんな恰好《かっこう》では出歩かない。

「青葉！」

引き千切れそうな声が広い治療室内に響いた。

お母さんは見たことのない顔をしながら、わたしの名前を呼び、駆け寄った。

わたしに、ではなく、目の前のベッドで眠っている人のもとに。

「あ……青葉ぁ……」

眠る人の顔を覗き込むと、お母さんは力なくうな垂れ、泣き始めた。

「お、お母さん？　何？」

尋常ではない様子にぎょっとする。お母さんが泣いているところなんて初めて見る。

なんで？　お母さんはどうして泣いているの？　何に泣いているの？

わけがわからなかった。今何が起きているのかを、まったく理解できない。

「ちょっと、お母さんどうしたの？　わたしならここに……」

いるよ、と言いかけたそのとき。ふいにあるものが目に映った。

ベッドのヘッドボードに掲げられたネームプレートだ。

マジックで【日野青葉】と、書かれている。

「え……なんで、わたしの名前」

そこに書かれているのはベッドを使っている人の名前のはずだ。でもわたしはここにいて、ベッドには、わたしじゃない人が寝ている。

わたしの名前であるはずがない。わたしが使っているはずがない。けれど。

何か、嫌な感覚がした。

一歩二歩と頭側へ歩み寄り、お母さんとは反対の場所から、そこで眠る人の顔を覗き込む。

ひどい怪我をしたらしいその人は、右目がガーゼに覆われており、さらに酸素マスクも着けられていた。はっきりと顔が見える部分は閉じられた左目のみだ。

それだけで十分だった。だってそこにあったのは、わたしが誰よりも見慣れた顔だったから。

「わたし？」

そんなこと、あるはずない。だってわたしはここにいるのだから。自分自身を見下ろすことなんてできない。目の前の相手が、わたしであるわけがない。

あるわけが、ないけれど。

眉毛の生え方や目尻の小さなほくろ、マスクの奥に見える鼻と唇の形は、毎日鏡の中に見ているものとまったく同じ。

何度も瞬きをし、自分の目を疑って見直してみても、間違いなくそこにはわたしがいた。

わたしが、眠っているのだ。

「日野さん、先生からのお話はもう聞かれましたか？」

看護師さんの呼びかけに、お母さんが真っ赤な目を拭いながら顔を上げる。

「……はい。まだどうなるかわからないと」

「娘さんを信じてあげましょう」

「はい、ありがとうございます……」

「のちほど、入院についてのご説明をいたしますので、それまで娘さんのそばにいてあげてください」

「ええ……わかりました」

看護師さんはお母さんの肩にそっと手を置くと、その場を離れていった。わたしには——まるでここにはいないかのように——一切見向きもしないままだった。

……頭がおかしくなりそうだ。少しも状況を理解できない。

いや、違う。理解ならできている。

全部誰かが仕掛けた悪戯に決まっていた。わたしを騙《だま》して驚かして、笑ってやろうとしているに違いない。

やり始めたのは誰だろう。なんて質《たち》の悪いことを。こんな大掛かりなことをして、お母さんまで巻き込んで。

「ねえ、お母さん」

ベッドを挟んで声をかける。しかしお母さんは真っ白な顔をしたまま、目だけを赤く腫らし、寝ている人を見続けている。わたしの声には振り向かない。こんなに近くで話しかけているのだから、わたしの声が聞こえていないはずないのに。

「もうやめてよ……なんなのこれ」

回り込んでお母さんの隣に立つ。

それでもお母さんはわたしを見ようとしない。

「お母さんってば！」

強く叫びながら左手を伸ばした。

しかしその手は、お母さんに触れることはなかった。

「うわっ！」

思わず飛び退く。

「な、何？」

自分の手のひらと甲を眺め、指先を何度も曲げ伸ばしして、ぎゅっと両手を握る。

おかしなところはない。でも、今わたしの手が、お母さんの体をすり抜けたような気がした。肩に触ったはずなのに、空気に触れるみたいに、なんの感触もなかったような……。

「何、今の」

気のせい、だろうか。そう思い、もう一度恐る恐る手を伸ばす。

左手はやはりお母さんをすり抜けた。

お母さんだけではない。ベッドのサイドフレームにも、点滴のスタンドにも、カーテンにも、何にも触れることができない。

「ちょっと、何これ。どうなってるの」

仮想現実の世界にでも入り込んでしまったみたいだ。見えているものすべてが映像で、本当はここには何もないかのよう。

もしくは、わたしが本当は、ここにはいないかのよう。

「……」

瞬きひとつするのも忘れて、お母さんの横顔を見ていた。お母さんの目は、ベッドの上で眠っている人の顔に向けられている。

表情はひどく苦しげだった。自分はどこも怪我をしていないはずなのに、深く傷ついているみたいに、辛そうな顔をしていた。

「お母さん……」

聞こえた足音に振り返る。さっきとは別の看護師さんが様子を見にやってきていた。

「あの、すみません！　助けてください！」

わたしはその人に縋《すが》りつく。もちろんその人の体も、わたしの手は掴《つか》むことができない。

「ねえ、わたしの声聞こえますか！　わたしが見えませんか！」

触れることのできないその人に向かい必死に叫んだ。けれどわたしの声は届かず、看護師さんは最後に寝ているわたしの様子を確認し、立ち去ってしまった。

しんと静かな中で、繋がれた機械だけが音を立てている。

命を繋いでいる音がしている。

それは、誰の命だろうか。

「なんなの……何が、起きてるの」

その呟きすらもどこにも届かない。

どうしてかは、知らないけれど、今のわたしは誰にも認識されない存在になってしまっている。触れることも声を送ることもできず、人の目に映ることもない。

そして目の前には、眠り続ける、もうひとりのわたしがいる。

「……」

立ち尽くすしかなかった。一体何が起きているのか、どうなってしまったのか、何ひとつわからなかった。

「日野青葉」

ふいに、名前を呼ばれた。

どうせわたしを呼んでいるわけではないのだろうと思いながらも、反射的にのそりと顔を上げ振り返る。

ベッドの足元に、ひとりの男の子が立っていた。

わたしと同じくらいの歳だ。癖のない髪は色素が薄く、ほんの少し茶色がかっている。古臭いデザインの襟付きシャツに、折り目のついたスラックスを穿《は》いていた。顔立ちは上品だけれど、表情がまるでなく、冷たい印象を受ける。

わたしはその男の子を見つめていた。

そしてその男の子も、わたしのことを見ていた。

「日野青葉」

と、男の子はもう一度わたしの名前を呼ぶ。お母さんも、近くにいる看護師さんたちも、その声には誰も反応を示さない。

「おまえ、日野青葉で間違いないな」

「そ、そうだけど……ねえ、わたしのことが見えてるの？」

「ああ」

答えはあっさり返ってきた。

考える間もなく男の子の腕を掴んだ。わたしの手は確かに、その子の細い腕を掴んでいた。

「ねえ、わたしに何が起きてるか知ってる？　わたし今どうなってるの？　知ってるなら教えて！」

縋れるのはこの腕しかなかった。他の誰にも声が届かなかったのだ。わたしは必死に叫び、男の子へ——何者なのかすらわからない彼へ、答えを求めた。

男の子は、表情ひとつ動かすことなく、右手の人差し指を正面へ向ける。

「おまえは今、あの体から意識だけが離れた状態になっている」

指し示された場所はベッドの上だ。微動だにしないから、見ただけでは生きているのか死んでいるのかもわからない。ただ、機械は間違いなく鼓動を刻んでいる。

「いわば魂のみの状態だ。幽体離脱とでも言うのか。だから生きている者にはおまえの姿は見えないし、声も聞こえない」

「魂って……待ってよ、じゃああそこにいるのって、やっぱりわたしなの？」

「そうだ。日野青葉、おまえは死んだ」

声も出せなかった。ゆっくりと戻した視線の先にいる男の子は、いまだわたしの体のほうを見つめたまま、ほんの少しだけ目を細める。

「……はずだった」

男の子はわたしの手を振り払うと、どこから取り出したのか古びたぶ厚い手帳を開いた。紙を雑に捲《めく》り、後ろ寄りのページで手を止める。

「二〇一九年十月十八日、二十二時十四分。酔っぱらった若者が背中にぶつかったことと、体調不良が重なったことから、道路に飛び出し、走ってきたトラックと衝突」

そこに書いてあるのだろうことを、やや掠れた声が淡々と読み上げる。

「その場で死亡。これがおまえの運命だった」

男の子が手帳を閉じた。わたしはこめかみを押さえながら、彼が言ったことを頭の中で繰り返し、自分に起きたはずのことを思い出す。

……そうだ、確かにわたしはバイトの帰り道、信号待ちをしている最中にふらついて、まだ赤だった横断歩道に出てしまった。目の前に迫ったヘッドライトの眩《まぶ》しさと、肌に当たる雨粒、誰かの叫び声を、覚えている。

ぶつかった瞬間のことまでは思い出せないし、怖くて思い出そうとすることもできないけれど……あのとき事故に遭ったのは事実だ。

この男の子は本当のことを言っている。でも。

「わたし、まだ死んでないよ。あそこに寝てる体、ちゃんと生きてるじゃん」

あれが本当にわたしの体だとして、そして今ここにいるわたしが体から離れ出た魂であるとして。わたしはまだ、死んでなんかいない。ベッドで横になっているわたしの体は確かに生きている。

「死んだはずだった、と言っただろう。この件に関して、少々問題が発生した」

男の子の目がわたしに向く。髪と同じく色素の薄い瞳は、綺麗だけれど、どこか作り物のようでもあった。感情のない人形の目……ガラス玉みたいだ。

「運命の不具合というものだ。ごく稀《まれ》にしか起こらないそれが、今回おまえの身に起きてしまった」

「運命の、不具合？」

「本来のおまえに定められた運命は、事故で即死。つまりすでに死んでいるはずだった。だが不具合により、おまえが歩むはずだった運命がほんのわずかに歪《ゆが》んでしまい、一時一命を取り留めた。ぎりぎりではあるが、まだおまえの魂は体と完全に切り離されることなく、繋がっている状態だ」

あまりに現実味がない話だった。とても信じることなどできない。けれど、信じるしかない。

自分がもうひとりいることも、わたしが誰にも認知されず、触れることすらできないことも、すでに知ってしまっているのだから。

「運命の不具合が起きた場合は再度生死の審査が執《と》り行われる。日野青葉、おまえの場合も同様だ。審査結果が出るまで数日からひと月ほど、おまえはこのままの状態となる。その間、おまえのその身はぼくが預かることになる」

まるで抑揚のない口調で語られるから、それがわたしの生死をかけた話であるという気がしなかった。

ただ、理解はした。わたしの身に起きていることとその原因、そしてそれが不具合なんて簡単な言葉で表されていることを。

即死を免れたことを感謝するべきなのだろうか。それとも、命を軽く扱われていることを怒るべきなのだろうか。

頭がおかしくなりそうだ。おかしくなる頭が、今のわたしにあるのかもわからないけれど。

「……待って。審査って、じゃあもしもそれで死ぬって決まったら、わたしは死ななきゃいけないってこと?」

「そうだ」

「嫌だよ、そんな……死にたくない!」

男の子の腕をきつく掴み叫んだ。こんなにも大声を上げているのに、わたしの声が聞こえているのは目の前の人だけだった。

同じ高さの目線が真っ直ぐにわたしの目を見つめ返している。

「なぜ?」

と男の子は聞いた。

さっきまでと変わらない口調と表情で、わたしに、なぜ死にたくないのかと。

「なぜって、そんな、当たり前じゃん……」

「当たり前? はたしてそうか? おまえはなぜ死にたくない? 誰であってもいつかは必ず死が来るのに? ほんの少し生き長らえてなんの意味がある?」

「意味、なんて」

あると言いたかった。わたしはまだ十七歳になったばかりだし、まだ未来がある。生きる意味も、死にたくない理由もあるはずだ。

けれど、何も言えなかった。

わからなかった。どうして生きるのか、わたしが生きている意味は何か、なんて。誇れる特技があるわけでもない。未来はあっても目標はない。将来の夢とか、人生に抱く希望とか、守りたいものとか、そんなものもない。

死にたくないのは確かだ。けれど、生きている意味を聞かれて、胸を張って言える答えが、今のわたしの中にはない。

「嫌だと言おうと、おまえにもぼくにもどうにもできない。こればかりは受け入れるしかない」

視線を逸らさずに、男の子はそう言った。わたしに寄り添う気などかけらもなさそうだった。

腕を掴んでいた手を下ろす。代わりに、制服のブレザーの裾をぎゅっと握る。

「……あんた、何者？」

見た目は、普通の男の子だ。同じくらいの歳で、身長も同じくらい。服装は古臭くて少しダサい。

幽霊みたいなものになっているわたしの姿が見えていて、今のわたしの状況をわたしよりも知っている。感情が見えない、ガラス玉みたいな目をした少年。

わたしと同じく、他の人たちには姿が見えていない、不思議な存在。

「ぼくは、死んだあとのおまえを導くはずだった者」

「死神?」

「そう言われることもある。あとは、天使とか」

こんな無愛想な奴、天使には到底見えないし、そうだと思いたくもなかった。

「名前はあるの?」

訊《たず》ねると、少し間を置いてから答えが返ってくる。

「キュウ、と呼ばれている」

「……変な名前」

意地悪のつもりで言ってみたのに、目の前の男の子──キュウは、とくに何も言い返してはこなかった。

ブレザーを強く握っていた手を離し、自分の両方の手のひらを眺めてみる。ほんのり赤くなっていて、血が通っているように見える。指を握れば感触がするし、温度もあるように思う。

でもここに、わたしの体はない。これはわたしの体ではないのだ。

わたしの体は眠っていて、一生懸命生きようとしている。けれど、未来はわからない。神様か誰かに決められた運命に従うしかない。

「日野青葉」

キュウが呼んだ。

「……何？」

「行くぞ」

「どこに？」

「仕事だ。ぼくはおまえの面倒を見ること以外にも仕事をしなければいけない」

キュウはそう言って、治療室の出入口へ向かっていく。

わたしはちらりとお母さんを見た。お母さんとはさっきから一度も目が合っていない。

お母さんは、わたしがここにいることに気づかずに、眠る抜け殻を見つめ続けている。死にそうなのはわたしのほうなのに、まるで自分が死んだような顔をして、目を覚ますことのないわたしが起きるのを待っている。

「……わたし、ここにいる」

キュウが足を止め振り返るのがわかった。わたしは下唇を噛《か》みながら、お母さんの横顔を見ていた。

わたしはお母さんの人生の重荷になっている。そう思っていた少し前までの自分に馬鹿だって言いたかった。

いなければいいなんて思っている人が、こんな顔をするはずがない。

「うっ、お母さん……」

じわりと目に涙が滲む。幽霊でも涙は出るのかと、慌てて手の甲で瞼《まぶた》を拭った。

ここにいても何もできないことはわかっている。それでもここを離れることはできなかった。お母さんと一緒にいたい。気づいてもらえなくても、そばにいられるだけでいい。

「……はあ」

大きなため息が聞こえ、顔を上げる。

キュウが大股でこちらに歩み寄ってきていた。

「ちょ、え」

キュウはわたしの腕を強く掴むと、そのまま壁のほうへと引っ張った。キュウの足は止まらない。目の前に壁が迫り、ぶつかる、と、思わずぎゅっと目をつぶる。

――何かにぶつかった感触はなかった。

そういえば今の自分は物に触れられないのだと思い至り、恐る恐る瞼を開ける。

真夜中の街が見えた。

建物の明かりは少なく、空は真っ暗だった。朝はまだしばらく来ないみたいだ。

わたしの腕を引っ張るキュウの髪がふわと揺れた。振り返ると、今までいたであろう建物が見えていた。市内にある一番大きな病院だ。中に入ったことはなかったけれど、外観は通りがけに何度も見たことがある。

照明の中にぼんやりと浮かぶ病院の壁面看板が、目線と同じ高さにあった。八階建ての病院の、最上階に設置されている看板だった。

ふと下を見る。ローファーを履いた足の下に、地面はない。

「うわあっ！」

咄嗟にキュウに抱きついた。

宙に浮いている。そう気づき、体の中心にさあっと冷たいものが走る。

幽霊だから落ちても平気だし、そもそもさっきから浮いているから落ちる心配はないはずだ。そうわかっていても、この状況は怖かった。

しかしわたしのパニックなどお構いなしに、キュウは縋りつくわたしを乱暴に引き剥がす。

「日野青葉」

低く棘《とげ》のある声でキュウはわたしを呼んだ。

さっきまでのっぺらぼうのようだったキュウの表情に、ほんの少しだけ感情が見えていた。わずかに寄せられた眉根からして、いい感情ではないのは確かだ。

「話を聞いていなかったのか。おまえの身はぼくが預かることになっているんだ。おまえがどうしたいかなんて聞いていないし心底どうでもいい」

「……」

「大変な目に遭っていると思っているだろうがな、面倒なことに巻き込まれたのはぼくも同じなんだ。こんなこと、滅多に起こることじゃない。事実ぼくは初めて担当する。いいか、これ以上ぼくの手間を増やすな」

早口でまくしたてられ呆気《あっけ》にとられた。足元のざわつく感覚。飛んでいる恐怖。異様な状況。非日常の始まりと、生死のはざまに立たされた不安。今までにないものが一気に押し寄せ、すでに何もかもいっぱいいっぱいだったのに、さらにどうでもいいと突き放され怒られ、もう心は限界を超えていた。

どうしてこんなことを言われなきゃいけないんだろう。わたしが一体、何をしたって言うんだ。

「おまえは文句を言わずに大人しくぼくのそばにいろ」

いいな、とキュウは念を押すように言った。

突き刺すような視線がわたしに向けられていた。真夜中の道路をトラックが走り抜けていくエンジン音が聞こえる。

「よく、ない……」

「なんだと？」

「全然よくないよ！　そっちはちょっと面倒なだけじゃん。わたしの気持ちももっと考えてよ。こっちは生きるか死ぬかって言われて、わけわかんないことになってて、頭で理解はしてても気持ちは全然追いついてないんだよ」

叫ぶと同時に一気に涙が溢《あふ》れた。もう言葉にならず、閉じた唇からは嗚咽《おえつ》が漏れ、もう声を我慢することも諦めた。

情緒がおかしくなっているのだろうか、自分でも驚くくらい大声を上げて泣いてしまった。

これからどうなるのか不安しかない。唯一頼れそうな人はわたしの味方じゃない。怖い。助けてほしい。教えてほしい。誰でもいいから大丈夫だって言ってほしい。

お母さんから自立しようとして、恭弥を突っぱねて、ひとりでも大丈夫だと思っていたくせに。本当にひとりになって、もう誰にも会えなくなるかもしれないと思ったら、こんなにも心細くなるなんて。

「わかった」

しゃくり上げながらキュウを見た。

涙の膜の向こうから冷たい視線が突き刺さる。

「なら、おまえはもうここに置いていく。好きにしろ」

「え……は？」

「だがおまえの担当はぼくと決まっている。ぼくがいなければおまえは生き返ることになってもそれを知ることなく、元の体に戻ることもできない。ずっとそのままだ」

「な、え、何それ」

「おまえがぼくと行くことを拒否するのだから仕方ないだろう。ぼくはきちんとおまえの面倒を見るつもりがあるのに、おまえにそのつもりがないのだから」

「そんな……」

最低だ。どう足掻《あが》いてもこいつはわたしの思いに寄り添う気なんてない。自分の言うとおりにさせるか、わたしを見捨てるかの二択しか頭にないんだ。

「じゃあな」

不安と恐怖の中に、今度はふつふつと怒りが湧いた。

こんな奴と一緒になんていたくない。従いたくもない。

でも。

「ちょっと、待ってよ」

「なんだ？」

「言うとおりにするから、置いてかないで」

小さな声でそう答えた。キュウは能面みたいな表情に戻り、

「最初からそう言えばいい」

と、わたしから視線を逸らした。

ぎゅっと唇を結ぶ。こんな嫌な奴の言うことは聞きたくない。もっと落ち着いて考える時間が欲しいし、わたしに優しくしてほしい。こんな事態に陥って、冷静でいられるほうがおかしいのに、どうしてわたしが我慢して言うことを聞かなければいけないのだろう。

だけど、たとえそばにいるのがこいつだとしても、今ひとりになるのはもっと嫌だった。

それに、キュウに吐き散らかしたところで無駄だということもわかっていた。たぶん、結局はキュウもわたしと同じなのだ。決められた何かを受け入れ、従うしかない。わたしにもキュウにも、最初から選べる選択肢なんてなかった。

「……」

ずずっと鼻をすすり涙を雑に拭う。

キュウも大変なんだと思うことにしよう。だとしても、もう少し思いやりを持って接してくれてもいいんじゃないかとは思うし、やっぱり腹は立つけれど。

「あんたって性格悪いね」

丸い後頭部に向かって、ヤケクソ気味にそう言った。

振り返ったキュウは、不思議そうに眉を寄せていた。

「そんなこと初めて言われた」

こいつの周囲にはよほど優しい人しかいないか、もしくは友達がひとりもいないのだろう。わたしの予想としては、後者だと思う。

キュウは地面に向かって降りていく。こっちに声をかけもしない勝手さに、わたしはこいつに友達がいないことを確信する。

慣れない空中への恐怖を押し殺しながら、適当にじたばたと空気を掻いて、なんとか地上に降り立った。すぐ脇にあったコンビニを覗き込み時計を確認すると、四時前を示していた。わたしが事故に遭ってから随分時間が経っていたみたいだ。いつもなら寝ている時間だけれど、病院で眠っていたからか、それともこの体のせいか、眠気は少しも感じなかった。

ふと、道路に立つカーブミラーを見上げる。街灯に照らされた場所に、わたしの姿は映っていなかった。影のひとつもない。

「……」

もう散々実感していたけれど、改めて今の自分がどれだけ心許ないものであるかを目の当たりにし、ぞっとした。今のわたしは透明な存在……いや、存在していない存在なのだ。

もしかすると、このまま体に戻ることなく、簡単に消えてしまうんじゃないだろうか。

そう考えて、慌ててぶんぶんと首を振る。悪いほうに考えると本当にそうなってしまいそうだ。

わたしはまだ死んではいない。ちゃんとこの世に存在している。今はちょっと中身だけが出かけているだけで、キュウと一緒にいさえすれば必ず元に戻れるはずだ。自分の体に……お母さんや恭弥のいる、いつもの日々に。だから大丈夫。心配することなんてない。

「ねえ、キュウの仕事って何？」

頭の中の考えを振り払うように、少し離れたところに立つキュウに声をかける。

キュウは、さっき持っていた古びた手帳をもう一度開いていた。書き込むことはなく、そこに記してあることを確認しているようだ。

「死んだ魂を還るべき場所へ導くこと。わかりやすく言えば、成仏させることだ」

キュウが手帳に目をやったまま答える。

「おまえも何事もなく死んでいれば、そのうちぼくが迎えに行く予定だった」

「何事もなくって……死んでる時点で大事だけど」

「あとは、魂が抱いている未練を解消させることも、ぼくらの仕事のひとつ」

手帳を閉じ、キュウはわたしに振り向いた。

「未練？」

「まあ、多少の心残りならない者のほうがいないから、大抵はそのまま成仏させるんだが。中には強い未練を残し、この世から動くことができない者もいる。そういった者には、この世から離れていけるよう手を貸さなければいけない」

そう言うと、キュウは街灯の少ない道をどこかに向かって歩き出す。

「どこ行くの？」

「次の仕事の場へ」

「……だったら、病院にいたほうがいいんじゃないの？」

自分もそこにいる手前、口にはしづらかったけれど、病院で亡くなる人が多いのは事実だ。

「病院にはほとんど用はない。死んだ直後に導くわけじゃないから、迎えに行く頃には大体の魂は縁のある場所に戻っている」

「へえ……そういうものなんだ」

「葬儀が行われる者はそれを終えてから。基本は四十九日を迎える前に成仏させる。四十九日を過ぎてしまうと、いわゆる地縛霊と言われるようなものになって、成仏させられなくなってしまうこともある」

だから仕事を遅らせることはできないとキュウは言う。

わたしは背後の建物を振り返った。肩越しに見る真夜中の病院は、なんだか妙に寂しげに見える。

自分の体があそこにいるからだろうか。寂しそうだなんて思うのは、たぶんわたし自身が後ろ髪を引かれているからだ。

「日野青葉、早く来い」

まだ聞き慣れない声がわたしを呼ぶ。

わたしは一度唇を噛んでから、病院に背を向け、走ってキュウを追いかけた。

二章・足跡への祝福

古い住宅街の中心に、二軒の家が建っていた。

同じ敷地内に建つその家は、片方は新しいモダンな造りで、もう片方は年季の入った昔ながらの建物だった。二軒に共通する門には【木下《きのした》】という表札がひとつ掛けられている。

時間が時間なだけに住人はまだ眠っているのだろう。どちらの建物にも明かりはなく、物音ひとつ聞こえなかった。

キュウは遠慮なく敷地内に侵入すると、迷わず古いほうの建物へと入っていった。

わたしもこそこそと息を殺し、キュウに付いて家に上がる。

この姿が人には見えないとわかっていても、他人の家に土足で忍び込むのは気が引けた。どこか挙動不審になってしまうわたしを気にも留めず、キュウはずんずんと家の奥へ向かっていく。

古いほうのこちらの家は、内装も外観同様に年代を感じさせた。劣化しているわけではなく、綺麗に古びているといった印象だ。ここの住人は丁寧な暮らしをしてきたのかもしれない。

きょろきょろと見回しながら進んでいると、家の中がやけにすっきりしていることに気づいた。どの部屋を見てもあまりに物が少ないのだ。まるで越してきたばかりか、引っ越す直前のように。

「ここにいたか」

前を歩くキュウがそう言った。視線は、玄関のちょうど反対側に当たる、あるひと部屋へと向いていた。

その部屋は、庭に面した和室だった。他の部屋と同じくがらんとしていて、近くの街灯の明かりがほんの少しだけ窓際に届いている。

掃き出し窓は、不用心に開け放たれていた。そこから、庭に咲くパンジーを眺めるように、高齢の男性がひとり座っていた。

「木下伊久雄《いくお》で間違いないか」

キュウが声をかけると、その男性——伊久雄さんが振り返った。

八十歳は越えているだろうか、わたしのおじいちゃんよりも歳が上に見える。やせ細った、けれど穏やかな顔つきをした人だった。

「おや、もしかしてお迎えというやつが来たのかな？」

「そのとおりだ。木下伊久雄、これからおまえを還るべき場所へ導く」

「これはこれは。どんなものだろうと思っていたら、こんなに可愛《かわい》らしい男の子と女の子が来てくれるなんてね。うちの孫よりも若い子たちじゃないか」

伊久雄さんはしゃがれた声でそう言うと、ゆっくりした動作で立ち上がった。

亡くなっている人……つまり幽霊のはずだけれど、わたしの目には普通の人のように見える。重たい体をどうにか動かそうとするような仕草も、表情や声のひとつひとつにも、なんの違和感もない。

ただひとつ、足元に影がないこと、それだけが、この人がもうこの世にいないものであることを表していた。

「この世に思い残すことは？」

「私はもう八十七だよ。妻もとうの昔に亡くし、闘病の中で家族にお別れも言えた。あの世へ行くことを躊躇《ちゅうちょ》する理由などあるもんか」

「そうか。ではこちらへ」

キュウが手を差し出すと、伊久雄さんはためらうこともなくその手を取った。

ふたりが向かい合う。伊久雄さんの両手を、キュウの両手がそれぞれ握る。伊久雄さんは言葉どおり、何も憂《うれ》うことなんてないような表情で目を閉じた。

しん、と周囲が静かになった。ほんのわずかの風の音すら聞こえない。

これから伊久雄さんは成仏する。他人のことなのに、なぜか少しだけ緊張し、両手をきつく握った。

「……おまえ」

キュウが低い声で呟く。

「未練があるな？」

伊久雄さんは目を開き、何度か瞬きをした。

「私に、未練？」

「そうだ」

キュウはため息を吐いてから手を離した。伊久雄さんはきょとんとした顔でその場に立ち尽くしている。

「木下伊久雄、おまえの未練はなんだ？」

キュウが問いかける。

確か、少しの心残りであれば構わず成仏させると言っていたはずだ。だったら伊久雄さんは、成仏させることができないほど強い思いを抱いているということになる。

それなのに、自分の未練に思い当たることがないのか、伊久雄さんは首を傾げるばかりで答えない。さっきも思い残すことはないと言っていたし、その言動に嘘《うそ》があるとは思えなかった。

「何かないのか。このままではこの世を離れられない」

「ううん、そう言われてもねえ」

「この家か？」

「家？」

「様子を見るに、じきに取り壊されるんだろう」

キュウがぐるりと部屋を見回した。どの部屋にも物が置かれていないこの家には人の気配もない。おそらく、伊久雄さんの家族は今、隣の新しいほうの家に住んでいるのだろう。

住人を失った古いこの家はもうすぐなくなる。つまり、大切な場所が失われる。それが伊久雄さんの未練ではないのかと、キュウは言う。

「いいや」

伊久雄さんは首を横に振った。

「確かにこの家には思い出がたくさんあるけれど、ここを壊すことを決めたのは私だよ。むしろ、家族に迷惑をかけないように生きているうちに片づけようと思っていたのを、息子たちが私のために残しておいてくれたんだ。私は入院する数年前から施設に入っていたから、もうこの家にはとっくに誰も住んでいなかったのにね」

伊久雄さんはそばに立つ柱に手を寄せる。傷みのある木目に近づいた手のひらは、けれどもうそこに触れることはできない。

「母さんと私の思い出の家だからって」

伊久雄さんの視線が部屋の隅へと向けられる。

家具のほとんどない和室の中に、小さなテーブルがぽつんと置かれていた。その上には、写真立てにそれぞれ入った五枚の写真が飾られていた。

写っているのは仲のよさそうな男女の姿だ。若いものから六十代くらいのものまである。年代はばらばらだけれど、よく見ればどの写真も同じふたりを写したものだとわかる。

「私はこの世に未練があるどころか、早くあの世へ行って妻に会いたいと思っているくらいなんだが」

写真の中の男性は伊久雄さんだ。一緒に写っているのは、先に亡くなったという伊久雄さんの奥さんだろう。

伊久雄さんは優しい表情でテーブルの上を眺め、並ぶ写真のひとつに手を伸ばした。しかし、額縁と重なる直前で指先がふと止まる。瞼のたるんだ目が、じっと額の中の写真を見つめている。

「……ああ。そうか、もしかしたら」

そう呟いて、伊久雄さんはキュウとわたしを振り返った。

伊久雄さんが見ていたのは、今よりもいくらか若い伊久雄さんと奥さんが、海辺で笑う写真だった。

◇

田舎の方面へ向かう早朝の電車にお客さんはほとんどいなかった。

わたしたちはキュウを真ん中に、三人並んで一両目の座席に座っていた。

揺れる車窓をぼうっと眺める。景色はとっくに見知らないものに変わっているけれど、電車はまだずっと遠くへと走り続ける。

伊久雄さんの〝未練〟を聞いたキュウは、すぐにわたしたちに「ついて来い」と言い、伊久雄さんの家から一番近い駅へと向かった。

着いた頃にはまだ電車は走っていなかった。始発が来るまでの間に目的地の最寄りの駅までの行き方を調べ、そしてやってきた電車に、他の数人の乗客たちに紛れて乗り込んだ。

目的の駅までは随分遠く、必要な電車賃を確認したときにはぎょっとした。しかし運賃がかからないところはこの身のいいところだ。せめてもと、駅員さんと車掌さんに頭だけは下げておいた。

長い電車の旅の中で、わたしは伊久雄さんのこれまでの人生の話を聞いた。

戦後の激動を家族で助け合いながら懸命に生き、二十二歳のときに幼馴染みだった女性と結婚。町の郵便局で定年まで働いて家庭を支え、奥さんと一緒に三人の子どもを育て上げた。

奥さんを病気で亡くしたのは二十五年前。けれど子どもや孫たちが常に寄り添っていてくれたから寂しくなかった。家族の成長を見守るのが人生の一番の楽しみだった、と。

「幸せな人生だな」

伊久雄さんの話を聞いて、キュウはそう言った。

わたしにあんなに冷たい対応をしたキュウが、誰かの人生に『幸せだ』と言うなんて意外だった。血も涙もない嫌な奴だと思っていたのに、相手に対し敬意を払い、そんな言葉を贈れるような奴だったとは。

ならどうしてわたしには優しくしてくれないのかと睨《にら》む視線は、まるきり綺麗に無視された。

諦めて、キュウの横顔ではなく車窓を眺める。

わたしは、伊久雄さんの人生を聞いて、幸せというよりも、大変だったんだなと思ってしまった。今よりもずっと厳しい時代に生まれ、働き続けて家族を守り、奥さんを早くに亡くし、残りの日々を生きてきたのだ。

もしも自分がそんな人生を歩んだら、幸せだったと言えるかどうかわからない。ならどんな生き方なら幸せなのか、それすらわからないけれど。

「ああ、幸せだったよ」

伊久雄さんは確かにこの人生に満足している。たったひとつの未練以外には心残りのない、いい日々だったと。

この電車は、そのたったひとつの未練へ向かう電車だ。

わたしたちは、伊久雄さんが人生に残してきたものを拾いに行くための、最後の旅をしている。


「そういえば、わたしたちって飛べるんだから電車使う必要ないんじゃない?」

聞き慣れない駅で停まっている間、なんとなく思いついて、キュウに訊ねた。

わたしは正面の窓から見えている駅のホームをぼうっと見ていて、キュウも同じく、わたしのほうなんてちっとも見てはいなかった。

「電車のほうが早い」

「そういうもの?」

「使えるものはなんでも使う」

「路線図見るの下手だったし乗り換えもうまくできてなかったくせに?」

「頻繁に使うものじゃないから仕方ないだろ。人の揚げ足をとって楽しいか。おまえ性格悪いな」

「あんたに言われたくない」

プシュウ、と音を立てながらドアが閉まる。電車はゆっくりと動き出し、次の駅へと向かい始める。

乗客はわたしたちの他にふたりいた。彼らに会話はなく、車内は静かだった。こちらもつい声をひそめそうになるけれど、どうせわたしたちの声はどこにも誰にも響かない。

ふふっと、わたしたちの会話を聞いていた伊久雄さんが笑う。

「でも、そうだね、今なら私でも自由に空を飛んでいけるのだろうけれど、こうして電車に揺られるほうが楽しいよ」

電車が少しずつ速度を上げていく中、伊久雄さんはひとりごとのようにそう言った。

「少しずつ思い出してきた。あのときもこの電車で、この場所を通ったんだ」

車両の左側の窓……わたしたちが正面に見ている車窓の向こうは、山の景色が続いている。伊久雄さんはそちら側ではなく、背もたれに手を置いて振り返りながら、わたしたちの背中側にある窓を見ていた。

伊久雄さんの横顔を見て、はっとした。

痩せこけていた頬が少しふっくらとし、しわも減っている。瞼のたるんでいた目も大きく見開かれ、じっと遠くを見つめていた。

気のせいではない。さっきまでの伊久雄さんよりも少し若い姿になっている。六十歳くらいだろうか。伊久雄さんが指し示した写真と――奥さんと海辺で撮った写真の中の伊久雄さんと、同じ姿だ。

車内アナウンスが流れる。

次に停まる駅を案内する車掌さんの声は、わたしたちが目指した駅の名前を告げている。

わたしも後ろを振り向いた。伊久雄さんが見ていた場所——わたしたちが背を向けていた窓の向こうには、遠く海が広がっていた。

堤防に座り、伊久雄さんは海を眺めていた。

砂浜まで降りようと提案したけれど、伊久雄さんは静かに首を振って「ここでいい」と、堤防から先へは行こうとしなかった。

海はそんなに綺麗じゃなかった。透明感はなく、テレビなどで見るサンゴ礁の海なんかとは随分様子が違う。

貝殻がざくざくと落ちた小さな浜で、犬の散歩をする人がいた。遠くの防波堤では釣りをしている人もいる。空は晴れているけれど、太陽の低い朝の空は眩しさとは程遠い。海面は穏やかで波の音も静かだ。潮の匂いは、ひどく濃い。

朝日の昇る海は悪くはないけれど、美しさに感動するには、この浜は少し平凡すぎた。

　そんな景色を、伊久雄さんはいつまでも見ていた。微笑むことも泣くこともなく、だから何を考えて海を見つめているのかは、少しもわからなかった。

　わたしもキュウと並んでその場に座っていた。時間の進みが早くも感じたし、遅くも感じた。

　やがて、膝に手を突きながら、重い体をどうにか持ち上げるように伊久雄さんは立ち上がる。見た目は八十七歳の姿に戻っていた。

「ありがとう。もういいよ。これで本当にこの世とお別れできる」

「何もしていないがいいのか？」

「うん。ただここに来たかっただけだから」

　伊久雄さんはにこりと笑うと、もう一度だけ海に視線を向けた。

「ここはね、若い頃に妻と初めて旅行に来た場所だったんだ。あの頃は時間もお金もなかったからあまり遠くには行けなくて、日帰りでね。それから、妻との最後の旅行もここに来た。もう病気で体力があまりなくて、遠出はできなかったんだ。これが最後になるとふたりともわかっていた」

　この海は、伊久雄さんと奥さんとの思い出の場所のひとつだった。

　長年暮らした家、何度も通った場所や、一度しか行ったことのない街。何十年もの間積み重ねた日々の中、小さな記憶が至るところに転がっている。

他のたくさんの思い出と比べると、たった二回訪れただけのこの土地に、決して深い縁があるとは言えなかった。けれど特別な場所だったと、伊久雄さんは教えてくれた。

「何かがあったわけじゃないよ。人に語れるようなことがあったわけじゃない。でも、あの人と共にここで過ごした。隣に並んで、同じ匂いを嗅ぎながら、同じ雲と波を見た。初めてここに来たときは、この人と幸せになれたらいいなと思った。そして最後に来たときは、この人も、幸せに思っていてくれたらいいなと、思ったんだ」

ここは、一番大切な人との、最初と最後の旅に選んだ場所だったから。

「死ぬ前にもう一度だけ来てみたかった。自分の人生を振り返り、妻との思い出を感じたかったんだ。死んでからになってしまったけど、来られてよかったよ」

「妻はいなくとも、ひとりで来た意味はあったのか？」

「もちろん」

伊久雄さんは視線をキュウに戻す。

「思い出は、私たちが日々を生きた証だから。私は確かに彼女と生きた。私たちは幸せに、十分に生きた」

伊久雄さんは両手をキュウに差し出した。

キュウはゆっくり立ち上がると、伊久雄さんの右手に左手を、そして左手に右手を重ねる。

その仕草はまるで、何も心配いらないと伝えているように見えた。この先の道に迷うことはない。不安もない。行くべきところへ真っ直ぐに行ける。だから大丈夫と。

「木下伊久雄、この世に思い残すことは？」

夜更けに一度聞いた問いを、朝日が昇った今、もう一度問いかける。

「ないよ」

伊久雄さんは迷いなく答えた。

波の音がやみ、風もなく、木の葉擦れすら聞こえず、世界が無音になった。

結ばれた手と手から淡い光が零れる。その光はやがて伊久雄さんの体を包み込み、ほろほろと輪郭を消していく。

年老いた表情はどこか晴れやかだった。

今度こそ、本当になんの未練もなく、伊久雄さんはこの世を離れていく。

「ああ、早く」

すべてが光に溶ける、その瞬間。

祈るような声が聞こえた。

「きみに会いたい」

光の粒がゆるやかに空へ昇る。

その瞬間——頭の中に、不思議な光景が浮かんだ。

潮の香りと波の音がする。海だ。今わたしがいるはずの浜と、まったく同じ砂浜だった。

そこには、六十歳くらいの伊久雄さんと、写真の中で見た伊久雄さんの奥さんがいた。

これは伊久雄さんの記憶だろうか。

伊久雄さんが奥さんの肩を支え、ふたりで堤防に座り、何もない海を眺めている。

『お父さん、連れてきてくれて、ありがとう』

『いいや、むしろここにしか来られなくてすまないね。もっと綺麗な海に行けたらよかったのに』

『ううん、わたしはここがよかった。ここに来られて、よかった』

奥さんは少しだけ苦しそうに喋りながらも、表情は穏やかに微笑んでいる。

『あなたと初めての旅でここに来たとき、わたし、もし自分がこの人と幸せになれたと思ったらまたこの場所に来ようって決めてたの』

『そうだったのかい？』

『ええ、だから、来たかったのよ』

奥さんが、右手を伊久雄さんへ伸ばす。細く痩せたその手を、伊久雄さんが握る。

『あなたとここへ。あなたと、幸せに生きた今』

特別でない、大切な日々を、一日一日紡いで生きてきた。

振り返ったとき、迷いなく、幸せだったと思うことができた。

なんでもない、ただ同じ景色を見ているこの瞬間さえ、まるで奇跡のように愛しい。

それは、隣にいる人が、隣にいてくれるから。

『ありがとう』

最後のその言葉は、伊久雄さんと奥さん、どちらが言ったものなのか、わからなかった。

景色の戻ってきたそのときには、伊久雄さんの姿はもう見えなかった。

キュウはまたいつの間にどこから出したのか、古い革の手帳を見ていた。わたしは堤防から飛び降りて砂浜に降り立ち、波打ち際まで走っていく。

ローファーのままで海に入っても濡れた感覚はなかった。海水がわたしの足をすり抜けているみたいだ。

わたしは何も考えずに寄せる波に逆らって進んだ。水の抵抗はなく、普通に歩くのと同じように海の中を歩くことができた。

「日野青葉」

海面が膝より高くなるくらい深い場所まで進んだところで呼ばれた。振り向くと、波打ち際のぎりぎりのところにキュウが立っていた。

「何を遊んでいる？」

「暇だったから。近くで見てもあんまり綺麗じゃないね、この海」

「そう思うなら入るな。子どもじゃあるまいし」

見た目は同じくらいのくせに大人みたいなことを言う奴だ。そもそも十七歳はまだ子どもじゃないだろうか。少なくともわたしは大人にはなれていない気がする。大人になれていると思っていただけの、ただの子どもだ。

「これからどうするの？」

「次の仕事をする」

「ふうん」

浜に戻ると、キュウはさっさと背を向けて堤防のほうへと歩き出した。

わたしはキュウに追いつかないように追いかける。男子にしては華奢《きゃしゃ》な背中を眺めながら、同じ速さで歩いていく。

「ねえキュウ」

声をかけても返事はなかった。最初から期待していなかったから、気にすることなく続ける。

「キュウは、伊久雄さんの人生を幸せだって言ったけど、わたしはそうは思わなかった。でも、伊久雄さんは本当に幸せだったんだろうって最後の表情を見て思った」

わたしは、充実した人生と言われれば、もっと華やかで眩しいものを想像する。でも伊久雄さんの人生は、決して誰かに憧れられるようなものではなかった。

「幸せってなんだろね」

「さあな」

キュウがこっちを見ないまま言う。

「何が幸せか、そんなものに定義はないし、自分の幸せを他者が決めることはできない。そもそも自分の幸せさえどういうものなのか、わからないまま死ぬ者も多い」

「……」

「要は、満たされているかどうかだ。木下伊久雄は、他者から見れば特別感のない人生の中にも、満たされるものを見つけていた。死ぬそのときまで心に寄り添うものがあったんだ。それを幸福と呼ばず、なんと呼ぶ」

足跡のつかない砂浜を抜け、堤防の階段をのぼっていく。のぼりきったところで、キュウが足を止め振り返った。

わたしは二段低いところからキュウを見上げていた。

「お母さんも、そうかな」

キュウが首を傾げる。

「なんのことだ?」

「わたしね、自分がいないほうがお母さんは幸せなんじゃないかって思ってたんだ。嫌われてるとかじゃないけど、もしかしたらお母さんの負担になっちゃってるんじゃないかって。でもそれ、間違ってたのかな」

病院で泣き崩れるお母さんを見て、わたしの考えはただの勝手な思い込みだったのかもしれないと思った。

大変なことも、疲れることももちろんある。でも、わたしがいることで満たされることもあったのかもしれないと。わたしがいなければいけないことだって、あったのかもしれないと。

「さあな。そんなことは、ぼくよりおまえのほうがよく知っているはずだろう」

キュウは温度のない視線でわたしを見下ろしている。

「おまえの人生はどうだ。満たされていると言えるか」

「わたしの?」

「ああ」

「……わかんない」

「そうか」

自分で聞いたくせに、キュウは興味なさそうに答えた。

「死ぬまでにわかるといいな」

「……それ嫌み？　キュウって本当に性格悪いよね」

「ぼくの性格は悪くない」

くるりと回れ右をして、キュウは堤防の上を歩いていく。

「次の仕事へ行くぞ、日野青葉」

わたしは残りの二段を一歩でのぼった。細い堤防の上をとんと駆け、黙ってキュウを追いかける。

見上げた空は、ひどく眩しかった。

◇

当然だけれど、一日に亡くなる何千もの人を、キュウひとりで成仏させているわけではない。キュウみたいな存在は他にもたくさんいて、大まかにそれぞれの担当地区というものがあるようだ。

わたしたちは来たときと同じく電車で地道に地元へ戻り、神様だか閻魔《えんま》様だかから指示されるキュウの仕事の続きをした。

成仏させるべき人の詳細は、キュウが時々見ている革の手帳に記されているそうだ。別に中を見るなとは言われなかったけれど、なんとなく見ないほうがいい気がして、あまり覗かないようにしていた。

何人かが成仏していくのを見届けた。

中には駄々をこねる人や逃げようとする人もいて、そういう人たちはどうするのかと思っていたら、どうするもこうするも、問答無用で成仏させるだけだった。

伊久雄さんのような固い未練があると成仏させられない。だから騒いだところで成仏させられる奴は大した意志のない奴なのだとキュウは言っていた。


「次は……子どもか」

手帳を確認していたキュウが呟く。

「子ども？」

「八歳だと。生まれつきの病気で、生きている間ずっと闘病していたそうだ」

「へえ、八歳か……小学二年生かな」

「学校にはほとんど通えていなかったようだ。一年のほとんどを病院で過ごしていたらしい」

「ふうん」

キュウはぱたんと手帳を閉じた。一度瞬きをする間に、手帳は消えてなくなっていた。

「さて、行くか」

高い鉄塔の上から、キュウは次の魂がいる場所を見定める。足をぶらぶらと投げ出していたわたしは立ち上がり、鉄塔から飛び立ったキュウのあとに続いた。


マンションの一室にその子はいた。

リビングの椅子に座りながら、カウンターの向こうのキッチンにいるお母さんのことをにこにこと笑いながら見つめていた。

まるでごく普通の家庭の一風景のようだ。母親の料理の支度を待つ子ども。

リビングに置かれた、柔らかな白色の小さな仏壇に飾られた写真と、椅子に座る子どもの顔が、同じではなければ。

「内川《うちかわ》望夢《のぞむ》で間違いないか」

五階のベランダから突然侵入してきたわたしたちに、望夢くんはとくに驚くことはなかった。お母さんに向けていた表情そのままで振り返り、頷く。

「そうだよ。お兄ちゃんたちは、天使？」

そんなわけないと言いたかったけれど、八歳の子の純粋な思いを砕くほどわたしは嫌な奴じゃない。興味深そうに向けられた視線ににこりと無言で笑みを返す。

「そのようなものだ。ぼくはおまえを導きに来た」

「ぼく、天国に行くの？」

「魂が還るところへ行く。そこがおまえの思う天国と同じかどうかは知らない」

「そうなんだ。どんなところかなあ」

遠足の行き先でも思い浮かべるかのように、望夢くんは頬杖を突いて目をつぶる。

年齢のわりに随分落ち着いた子だと感じた。日焼けを知らないような白い肌をして、手足は細く体も小さい。しかし内面は冷静で大人びていた。今の発言からして、自分がすでに死んでいることも理解しているのだろう。わたしがこれまでに見た数人の死者の中には、大人であっても死んだことを受け入れられていない人がいたけれど。

「ぼくの思う天国は、明るくて綺麗なところだよ」

望夢くんは笑顔を絶やさないままそう言った。

わたしは望夢くんのお母さんをちらりと見た。さっきからずっと水の流れる音がしている。何をしているのだろうとカウンターの中を覗いてみると、すっかり土の取れたじゃがいもを洗っていた。目線は手元を向いていたけれど、どこも見ていないようだった。

望夢くんが亡くなったのは一週間前だとキュウから聞いている。この一週間を望夢くんの家族がどう過ごしてきたのかは、わたしには想像ができない。

「ママはね、面白くて、いつも笑ってて、でもちょっとおっちょこちょいなんだ」

カウンターの脇に立っていたわたしの隣に、望夢くんが飛び跳ねるようにしてやって来る。

「ぼくのパジャマと間違えてお兄ちゃんのパジャマを持って来ちゃったことが何回もあったし。気をつけてって言っても全然直んないの」

ね、と望夢くんはお母さんへ声をかけた。お母さんからの返事はない。

お母さんは、わたしたちの存在には気づいていない。そして望夢くんがすぐそばにいることにも、気づかない。

「パパは優しくてなんでも知ってる。どうして空が青いのかも教えてくれた。お兄ちゃんはサッカーがすごく上手。頭もよくてかっこよくて、いつもぼくを守ってくれる」

カウンターに両腕を乗せもたれかかり、楽しい出来事でも話すみたいに望夢くんは言う。

お母さんはずっと同じじゃがいもを洗い続けている。洗い続けて、皮がめくれかけてしまうくらい。

名前を呼ばれ、望夢くんは無邪気な顔でキュウを見上げた。

「内川望夢」

「この世に思い残すことはあるか？」

淡々と、これまでの他の人たちにも聞いてきたように、キュウは望夢くんに問いかけた。

「おもいのこすことって？」

「やりたかったことや、し忘れたことだ」

「あったらどうなるの？」

「場合によっては地上を離れられなくなる。要するに、天国に行けなくなる。だからもしもおまえの魂をこの世に縛るほどの未練がある場合は、それをどうにかしなければいけない」

「ふうん」

望夢くんは口を閉じ俯《うつむ》いた。

思い残すことはあるか。なんて、聞くまでもなくあるに決まっている。人生のほとんどを病気と闘い生きてきた八歳の子なら、やり残したことどころか、やれたことのほうが数えるほどしかないだろう。聞くとするなら、どれだけあるかと聞くべきだ。

いくつの答えが返ってくるかはわからない。

いくつの未練を解消したら、望夢くんは心置きなく天国に行けるのだろう。

「やりたかったこと、かあ」

望夢くんはぽつりと呟き、また少し黙ったあと、顔を上げにこりと笑った。

「いっぱいあるけど……たぶんない」

「えっ」

思わず声を上げ「ないの？」と聞き返したわたしに、望夢くんは頷いた。

「やりたかったことはたくさんあるよ。学校行って友達と遊んだり、お兄ちゃんとサッカーしたり。キャンプに行ったり、海に行ったり。走ったり、ブランコしたり、時々転んだり、かさぶた作ったり」

指を折り数えながらも、「でもね」と望夢くんは言う。

「たぶん、いいんだ。だってぼく、ちゃんと、生まれてよかったって思ってるから」

──私は確かに彼女と生きた。私たちは幸せに、十分に生きた。

どうしてか、少し前に見送った、伊久雄さんの言葉を思い出した。伊久雄さんは八十七歳まで生き、多くのことを経験してから亡くなった人だ、生き方も生きた長さも望夢くんとはまるで違う。

けれど、同じだ。望夢くんも伊久雄さんと同じように、満たされた日々を送っていた。この子の生きた日々は、きっと、確かに幸せだったのだ。

「だから大丈夫。ぼく、天国に行けるよ」

「あ、でもひとつだけママたちに言いたかったことがあるんだ。ぼくが長生きできるようにって思ってくれてたのに、それができなくてごめんねって言いたかった」

望夢くんは眉を八の字にして、カウンター越しにお母さんを見上げる。

「……そうか。わかった」

「大事な人たちを悲しませちゃうのは、悪いことだよね」

望夢くんのたったひとつの小さな心残りに、「いや」とキュウは首を横に振る。

「親より早く死んだからと言って親不孝なものか。残された者の悲しみは確かにいつまでも続くだろうが、だからと言ってこれまでおまえが与えたものが消えるわけじゃない。失って悲しむほどに、おまえは家族に愛を与えていたし、おまえ自身も同じだけのものを受け取っていたはずだ」

「……」

「おまえが生まれてよかったと思っているのは、おまえだけじゃない」

望夢くんは丸い目を大きく見開いた。一度、二度、ゆっくりと瞬きをして、何かを堪えるように唇を噛みしめる。

「ママ」

お母さんのもとへと望夢くんは駆け寄った。魂だけのこの身では、抱きつくこともできない。

　それでも望夢くんはお母さんの腰に精一杯腕を回し、ぬくもりを探すように頬を寄せる。

「大好きだよママ。パパとお兄ちゃんも、ずっと大好き。ねえ、次に生まれるときも、ママの子どもに生まれるから。ぼくを生んでね。ぼくのママになってね」

　声は届かない。でも、思いは届いていると思いたい。

　いつか、時間がお母さんの心を癒したら、望夢くんのこの思いに気づいてくれるだろうか。短い間でも、愛して愛された。そのおかげで、生まれてよかったと心から思える人生を生きた。誇れる道を望夢くんは生きたのだと、今じゃなくていいから気づく日が来るといい。

「ぼくを思い出すときは、笑った顔を思い出して」

　望夢くんのためにも。そして望夢くんの大切な人たちのためにも。

　望夢くんの人生は悲しいものではなかったと、知っていてほしい。

「ママ……」

　最後に顔をぎゅっと埋め、名残惜しそうに見上げてから、望夢くんはお母さんから離れた。

　自分の足で、今度はキュウのそばへ向かい、向かい合う。

見えている。

「うん。待っててくれてありがとう」

「では、内川望夢、おまえの両の手をぼくの手へ」

手のひらを上に、キュウは両手を差し出す。長袖からは、わたしよりも細い手首が見えている。

望夢くんは、そこに自分の手を重ねようとした。けれど、ふいにキュウの手をじっと見つめたかと思うと、

「天使のお兄ちゃん、もしかして、ぼくと同じ?」

と問いかけた。

キュウが眉をひそめる。

「同じとは?」

「……ううん、やっぱりなんでもない」

望夢くんは首を振ると、小さな手をキュウの手の上に置いた。キュウは首を傾げながらも望夢くんの手を包み込む。

ふたり揃《そろ》って瞼を閉じた。

しん、と音が消える。

流れているはずの水の音も、外を走る車のエンジン音も、どこかの電車の音もすべ

て消え、わたしたちは生きている世界から隔離される。

繋がれた手から光が溢れ出した。

望夢くんの体が、徐々にその光と共にどこか別の場所へと溶けていく。

光の中、望夢くんの記憶が浮かぶ。

望夢くんは病院のベッドに寝ていた。小さな体には点滴がいくつも繋がれ、ベッドから体を起こすこともできない。

そんな望夢くんのそばには、いつも誰かがいた。

『聞いてよ望夢、ママまた自転車の鍵なくしちゃった！』

『また？　この前なくしたばっかじゃなかった？』

『そうそう。でもそれはお兄ちゃんが見つけてくれたんだけどね。また見つけてくれるかな』

『人任せは駄目だよ、ママ』

『うぅ、ごめんなさい……』

陽気なお母さんは今日やってしまった失敗を笑い話にして話し、スポーツが得意なお兄ちゃんは好きなサッカー選手のことを聞かせ、読書家のお父さんは望夢くんのお気に入りの物語を読んでくれる。

病気は苦しいことだらけだった。泣いたことも、泣けないくらい辛いこともいっぱいあった。我慢もした。諦めたこともあった。

それでも、自分を不幸だと思ったことはなかった。

だって、こんなにも自分を愛してくれる家族がそばにいてくれるのだから。たとえ神様に、何か望むものはあるかと聞かれても、きっと欲しいものなんて答えられないだろう。

みんながいてくれるだけでよかったから。

それだけで、生まれてよかったと思えた。

『みんな、大好きだよ』

そう笑えば、同じように答えてくれる人たちが、いつまでも笑っていてくれるだけで、未来はちっとも、怖くなんてなかった――。

「ママ」

穏やかに、静かに、最後のときを待っていた子どもは、けれどすべてが消える直前、閉じていた瞼を開け、泣きそうな顔で笑った。

「ありがとう。またね」

輪郭がなくなり、最後の光がぽつりと舞った。

望夢くんが消え、音が戻ってくる。

そのとき、

「……望夢？」

と、声がした。

望夢くんのお母さんの目が、望夢くんがいた場所へ向けられていた。そこには何もない。もう、何もいない。けれど。

見開いた瞳から、やがて涙が溢れた。望夢くんのお母さんは濡れた手で顔を覆い、長い間声を出さずに泣いていた。

マンションの屋上の縁に座り、飛んでいくヘリコプターを眺めていた。

こんな高い場所から足を投げ出すなんて生身では絶対にできないことだ。この身になって、最初こそ怖かったけれど、いつの間にか平気になってしまっていた。慣れってすごいなと思う。

キュウはわたしの横に立って革の手帳を眺めている。望夢くんの件が済んだことを確認しているのだろうか。それとも、もう次の仕事に切り替えているのだろうか。

「ねえキュウ、あんた、結構いいこと言うんだね」

ヘリコプターは見えなくなっていた。飛んでいったほうには、変な形の雲が浮かんでいる。

「なんのことだ」

「望夢くんに言った、親より先に死んだからって親不孝じゃないって話」

キュウは人の命にも人生にもとんと興味がなさそうなくせに――いちいち関心を抱いていたらこんな仕事は務まらないだろうけれど――案外、生きることについての確かな考え方を持っている。

わたしは、自分がどんなふうに、誰と関わり合い、何を与え、与えられて生きているか、そんなことを本気で考えたことはなかった。生きているのだから、知らないはずがないのに。

「伊久雄さんのときには幸せについても語ってたしね。死神のくせに、わたしよりあんたのほうがずっとまともに生きることに向き合ってる気がするよ」

「どうだか。ぼくはぼくの思ったことを勝手に言っているだけだ。それをどう捉えるかは受け手次第だろう」

「そうなのかなあ」

「だからいいことを言ったつもりはない。でもおまえがそう思うなら、おまえが死ぬことになったときにも言ってやる」

「いや、縁起でもないこと言わないでよ……キュウって本当さ、わたしには全然優しくしてくれないよね」

「優しいからおまえが死ぬときにもいいことを言ってやると言っているんだが」

本気で言っているらしいキュウを「はいはい」とあしらって下唇を突き出す。

賑やかな声に視線を落とすと、下校中の小学生の姿が見えた。カラフルなランドセルを背負って歩く、明日があることを疑わない、明るい子どもたち。

望夢くんも、あんなふうに普通に学校に行くことを夢見たことがあったはずだ。叶わなかったその望みは、けれど、この世に置いていけるものだった。もっと大切なものをもらっていると知っていたから、それだけで十分だと、自分の人生を受け入れていた。

……わたしは、どうだろう。

もし、未来が悪いほうに転がったとして、望夢くんのように未練などないと笑って成仏することはできるだろうか。

「わたしは、駄目だな。今死んだら未練だらけだよ」

望夢くんたちを見ていたら、お母さんに会いたくなった。お母さんと素直に向き合って話がしたい。けれど、このまま死んでしまったら、もうそんなことすらできなくなってしまう。

「でもたぶん、わたしの心残りなんてあんたたちにとっては取るに足らないことで、抵抗したところであっさり成仏させられちゃうんだろうね」

わたしのぼやきにキュウは何も言葉をくれなかった。

別に求めていたわけではないけれど、なんとなく、やっぱり薄情だな、なんて思っていたら、

「一度、おまえの体のもとへ戻ってみるか」

と突然言われ、ぱっと顔を上げた。

「え、いいの？」

「別に禁じられているわけじゃない。ぼくの仕事に支障がない範囲なら、それくらいの自由は許されている」

風に押されることもなく静かに立っていたキュウは、目だけをわたしに向けていた。

わたしはすぐに立ち上がって、迷うことなく頷いた。

事故に遭った日から三日が経っている。わたしの体は集中治療室から一般の病棟に移されていた。ナースステーションに近い個室だ。一般病棟と言っても、危ない人が入るような部屋だろう。

病室には、相変わらず点滴やら機械やらに繋がれているわたしの体と、ベッド脇の椅子に座って書き物をしているお母さんがいた。

わたしの体は一部包帯が取られ、傷が見えている部分があった。自分の体に付いた生々しい事故の痕は、とてもじゃないけれど見ていられなかった。

しかし包帯が外されたということは治ってきているということでもあるだろう。体は徐々に回復しつつある。それでもわたしは目を覚まさない。

当然だ、この体はからっぽだから。中身はまだ体に戻れず、こうして外から自分を眺めている。

「日記を書いているのか」

ノートを広げているお母さんの手元をキュウが覗いていた。

お母さんは、真新しいノートに今日の出来事を書き記しているようだった。内容は他愛のないことばかりだ。天気や気温、ニュース、お母さんの身に起きた些細《ささい》なことが書かれ、そして最後に【青葉はまだ目を覚まさない】、と。

「……お母さん」

この三日で随分やつれた横顔に、ついさっき見たばかりの望夢くんのお母さんの顔を重ねてしまった。

わたしが死んだら、お母さんにもあんな顔をさせてしまうのだろうか。そう思うと、この身にはないはずの心臓がぎゅうっと締め付けられるようだった。

「うっ、おか……お母さぁん！」

思わずお母さんに飛びついた。しかしわたしはお母さんに触れることなくすり抜けてしまう。

空振った手で自分を抱きしめながら振り返った。わたしがこんな間抜けなことをしているのにも気づかないお母さんを見て、じわりと涙が溢れてくる。

「……待っててねお母さん。わたし、絶対に生き返るから。そんでお母さんにちゃんと大好きだって、いつもありがとうって言うから」

「生きるかどうかはおまえに決められることじゃないぞ」

「もう、空気読んでよ！　慰められないならせめて黙ってて」

怒鳴りつけると、キュウは少しむっとした顔をした。そんな顔をしたいのはこっちのほうだと、鼻水をすすりながら睨みつける。

そのとき、病室の入口からノックの音が聞こえた。

お母さんが「どうぞ」と声をかけると扉が開いた。引き戸の向こうの廊下には、よく見知った顔が立っていた。

「えっ……恭弥？」

小さく呼んだ声は、本人には聞こえていない。

恭弥はお母さんに会釈をしてから病室へと入ってきた。学校帰りなのだろうか、制服姿のままだ。

「恭弥くん、昨日も来てくれたのに、今日も来てくれたの？」

「ごめんおばさん、続けてお邪魔して」

「ううん。おばさんも青葉も嬉《うれ》しいよ。ただ、恭弥くんが大変じゃないかなって思っただけ」

「いや、おれは大丈夫。じいちゃんの見舞いも兼ねてるし」

恭弥は隅の棚の上に鞄を置く。

「ああ、恭弥くんのところのおじいちゃんも先日から入院されてるんだっけ。おばさんも今度お見舞いに行かせてもらうわね」

「いいよ、気を遣わなくて。うちのじいちゃん、まだまだ元気だから」

恭弥はそう言うと、寝ているわたしの顔を覗き込んだ。もちろんわたしはなんの反応もしない。

「青葉は、まだ起きない？」

「うん。なかなかね。ほらこの子、昔から寝坊助だし」

「はは、確かにね」

「困ったものよ」

ほんのわずか沈黙が流れた。お母さんも恭弥も、笑っているかと思ったら、少しも笑っていなかった。

恭弥が顔を上げる。

「それよりおばさん、疲れた顔してるよ。少し休んだら？　今日はもう、おれが青葉を見てるから」

「でも、恭弥くんも学校帰りで疲れてるだろうし、やることもあるんじゃない？」

「おれバイト辞めたばっかで最近放課後は暇なんだよね。だから全然平気」

「そう……」

お母さんはしばらく悩んでから首を縦に振った。

「……じゃあ、お言葉に甘えることにするわ。ありがとうね。おばさん、一度家に帰るから、青葉のこと、よろしくね」

「うん」

お母さんは荷物をまとめると病室を出ていった。

静かになった殺風景な部屋の中、恭弥はお母さんが座っていた椅子へ腰かける。力なく背中を丸めながら見つめているのは、眠り続けるわたしの顔。

「この男は？」

キュウが顎で恭弥を指す。

わたしは、見飽きるくらい見てきた、幼馴染みの横顔を眺めている。

「宮沢《みやざわ》恭弥。同級生」

「おまえの母親とも面識があるようだったが、親しい友人か？」

「うん、まあ、幼馴染みだしね。家が近所で家族ぐるみの仲なんだ。何かと世話焼きで、わたしの我儘《わがまま》にもめげずに付き合ってくれる」

「へえ、いい奴じゃないか」

「でも、喧嘩《けんか》っていうか、わたしが一方的に嫌な態度取っちゃって、それが最後だったから……お見舞いに来てくれてるとは思わなかった」

恭弥はあまり友達が多いほうではない。とっつきにくいというほどでもないけれど、自分の懐に入れる相手は選ぶ。広く浅く、でも実は狭く深い人間関係を築いているタイプだ。

その限られた親しい枠の中に、なぜかずっとわたしも入れられていた。

友達からは、性格が全然違うのにどうして馬が合うんだろうって不思議がられることもある。どうしてかって、単に恭弥がわたしに合わせてくれているからだ。

小さい頃は、当然のようにそれを受け入れていた。仲良くすることも、恭弥がわたしを他の友達より特別に思ってくれることも、理由などなく、当たり前のことだと思っていた。

背が伸びるにつれて、少しずつ変わっていった。恭弥ではなく、わたしのほうが。

思春期になって、素直になるのが難しくなったのもあるだろうけれど、それだけじゃない。

お母さんからも、恭弥からも……誰かからの無償の愛情を受け取るのに、どこか気後れするようになっていた。

わたしから、同じだけのものを相手に与えられている自信がなかったから。

「どうして恭弥は、わたしを大事にしてくれるんだろう」

こんなわたしと、いつまでも一緒にいてくれるのだろうって、いつも考える。

「愛することに理由が必要か？」

振り向くと、キュウは澄ました顔で腕を組んでいた。

「本人だってきっとわからんさ、なぜおまえがいいのかなんて。でもおまえが大事なのは確かなんだ。そしておまえがこいつに対し気後れするのもそういうことなんだろう。こいつが大事だから嫌われたくないんだ。十分、同じ気持ちでいるじゃないか」

わたしは、三回瞬きをした。そんなふうに、考えたことがなかった。

嫌われたくない。確かに、そうだったのかもしれない。恭弥と距離を取ったのも、お母さんの負担になりたくなかったのも、ふたりに見限られるのが怖かったからだ。ふたりに嫌われたくなかった。それくらい、わたしにとって大切な人だから。

「青葉」

どこにも聞こえないような声で恭弥が呼ぶ。

「早く、目ぇ覚ませよ」

「……」

「話、しようよ。おまえの我儘も、なんでも聞くから。怒ったっていいよ、おまえがいくら背を向けたって、おれ、めげないからさ」

俯く横顔に、もしも何か声を届けられたとしたら、何を言えばいいだろう。

言わなきゃいけないことは、たくさんあった。もっと話をしないといけない。

「だから、起きて、青葉」

変な意地を張らないで、わたしもきちんと、そばにいてくれる人へ、向き合えばよかった。大切なものなら、ずっと大切にしなければいけなかった。

「もうおれ、こんな別れ方するの嫌だよ」

ぽつりと零すように、恭弥が言った。

わたしは両方の手のひらを、ぎゅっと握りしめる。

「なんだ、前にもあったような言い振りだな」

「うん……たぶんだけど、六歳のときのことを言ってるんだと思う」

「十年ほど前、か？」

キュウが首を傾げる。

「恭弥、小さいときに大事な人を亡くしたことがあるんだ」

そのことを、わたしはよく知らない。わたしがまだ恭弥と出会う前のことだから。

恭弥はその人のことも、そのときのこともわたしに話そうとはしない。ただ、恭弥がその人の〝死〟に何かを抱えていることは感じ取っていたから、わたしも無理に聞こうとは思わなかった。

「恭弥」

癖のある髪に指先を伸ばしてみる。簡単に触れられるほど近くにいるのに、わたしは恭弥に触れられない。

何年も一緒にいたはずの幼馴染みが、なんだかとても遠い存在に感じる。

「……ん？」

ふと。恭弥を見ていて、何か引っかかった。視線を一度キュウに向け、恭弥へ戻し、またキュウへ向ける。

「どうした」

「……ねえ、キュウと恭弥って、ちょっと顔似てない？」

「ぼくとこいつが？」

「うん、なんとなくだけど」

よく見ると、吊《つ》りがちの目とか横顔の輪郭が似ている気がする。ぱっと見て感じるほどではないから今まで何も思わなかったけれど、こうして比べてみると、わりと近い部類のような。

「どれ」

キュウは不躾《ぶしつけ》に恭弥の顔を覗き込んだ。恭弥はパーソナルスペースが広い奴だから、もしもキュウの姿が見えていたらすぐに飛び退いていただろう。

「いや、全然似ていないな。ぼくのほうがずっと品がある」

「……それ自分で言う？」

「正しいことなら言う」

「あ、そう」

こいつわりと自己評価高いんだよな、と口に出さない代わりに呆《あき》れた顔を前面に押し出してしまった。キュウはもちろん気にも留めず、恭弥のことにも興味を失ったのか、窓の外を眺め始めていた。

「結構似てると思ったけど……」

とはいえ、だからどうということはなく、これ以上掘り下げるようなことでもない。

わたしはベッドに座り――正確には座っているみたいにそこに浮いているのだけれど――恭弥に寄り添いながら、しばらくの間窓の向こうの夕焼けを見つめていた。

三章・陽だまりにさよなら

「少し面倒な仕事を任された」

と、キュウが手帳を閉じながら言った。ふたりの成仏を済ませたあとの、真っ昼間のことだった。

「面倒って、わたしの面倒を見ることよりも面倒なこと？」

「それよりはましだ」

「じゃあ大したことないじゃん」

ひと気のない公園の回転ジャングルジムのてっぺんに座り、回転しない遊具の代わりに自分がくるくると回る。

下にいるキュウは、たぶん呆れた顔をしているだろう。出会ったときには能面のようだと思ったキュウの表情は、よく見ると意外とコロコロ変化する。大体がマイナスの感情のときであり、笑顔は見たことがないけれど。

「とにかく行くぞ」

キュウがさっさと歩き出す。わたしは「はぁい」と返事をして、ジャングルジムから飛び降りた。

キュウはあまり空を飛ぶことが好きではないみたいだ。飛ぶのが嫌いと言うよりも歩くのが好きなようで、必要なとき以外は目的地へは徒歩で向かっている。

今回も例に漏れず。ただし、通常のキュウの担当範囲からは外れているらしく、やや長い距離を移動することになった。

途中、繁華街を通り抜けた。ここはキュウの担当する地区の中心部にあり、たびたび通ることのある場所だ。

栄えた街は平日の昼間でも人が多かった。遊びに来た人や、仕事中のサラリーマン、何をするでもなくうろついている人。様々な人が、他人にはなんの興味もなさそうに、同じ道ですれ違っている。

袖すり合うも他生の縁、という言葉を、つい最近授業で聞いたばかりだ。袖が触れ合うだけの些細な縁でも前世からの因縁がある、みたいな意味らしいけれど、ここで行き交う人たちに――わたしも含め――そんな大層な繋がりがあるとはとても思えなかった。

この人とも縁なんてないだろうな、なんてことを考えながら、向こうからは避けてくれない道行く人をふいと避ける。

すると突然どこからか、

「悪霊退散！」

と叫び声が聞こえた。

ぎょっとしながら振り向くと、長い髪と紫のローブを振り乱しながら、葉っぱの付いた枝を掲げ走っている女性を見つけた。

とうとうやばい幽霊に出くわしてしまった。と思ったら、周囲の通行人もその人のことを不審な目で見ている。どうやら生きている人間らしい。

「悪霊め！　退散！」

「あ、あの人って確か、ここら辺では有名な人だよ。悪霊がいるって叫ぶ変な人」

変わり者として噂《うわさ》のネタにされ、SNSで目撃情報を拡散されていたりすると聞いたことがある。クラスメイトの中に、わざわざ捜してまで見に行ったと言っていた子もいた。

「本当にいたんだ、初めて見たな……ちょっと気味悪いかも」

でもこの身なら関わり合いになることは絶対にないから安心だ。女性を避けていく通行人たちを気の毒に思いながら、わたしはどこか他人事のようにその人のことを眺めていた。

しかし、女性がだんだんとこちらへ向かってきていることに気づき、さすがにちょっと怖くなってそっと道の脇に避けた。

と、女性も方向転換して、やはり真っ直ぐにわたしのほうへと突進してくる。

「え」と声を漏らした瞬間、おばさんの振り下ろした葉っぱが顔面に降りかかった。

「この世に留まり続ける悪しき魂よ！　成仏せよ！」

「うわあ！」

葉っぱはわたしをすり抜ける。けれど反射的に目をつぶり、腕でガードしてしまう。

「ねえキュウ！こ、この人もしかしてわたしたちのこと見えてる？」

「そのようだな」

返事は頭上から聞こえた。見ると、キュウはカフェの庇《ひさし》の上に避難している。

「ちょっとあんた！ひとりで何そんなところに！」

「おまえも来たらいい」

「逃げるな悪霊！　あたしが祓《はら》ってやる！」

「わああ、わたしは悪霊じゃないって！」

急いで飛び上がり、キュウのいるところへ退避した。女性は地上からなおも「悪霊退散」と叫び、念仏まで唱え始めていた。

「な、なんなんだあれ……」

「たまにいる。ああいう奴が」

「幽霊が見える人ってこと？　おかしい人だと思ってたら本物とか……怖っ……」

「見えるだけだ。あんなもので成仏させられるなら、ぼくたちの仕事ももっと楽になるんだが」

キュウは地上へ下りずにとんと飛び上がって移動した。わたしも下に行きたくなかったから、キュウのあとを追ってジャンプする。

「はあ……もう二度とあの人に会わないようにしよ」

「怖くはない。どうせ害はない」

「怖いっていうか、それよりもなんかショックで」

悪霊扱いされたことに地味に凹んでしまった。傍から見れば、わたしはさまよえる幽霊なのだ。一応まだ生きているのに。

「キュウ、これまでもあんな扱いされたことあるの？」

「ないことはないが、気にしたことはない。どうでもいい奴のどうでもいい言葉なんてどうでもいいだろ」

「……わたしもそれくらい割り切りたい」

女性の姿はもう見えなかった。それでも下りる気にはなれず、目的の場所までふよふよと浮かびながら向かった。


下り立ったのは、十数階建てのマンションの駐車場だった。

目的の魂は駐車場の隅にいた。セーラー服姿の女の子だ。見る限り、この辺りの公立中学校の制服だと思う。

女の子は、やや萎びた花束が供えられた横で、膝を抱えてうずくまっている。

「佐村玲南《さむられいな》で間違いないか」

キュウの問いに玲南ちゃんは答えない。それどころか顔すら上げようとはしない。置物のように動くことなく、一切の反応を見せようとしなかった。

「これは骨が折れるな」

キュウは吐き捨てるように言い、手帳を開く。

「ねえキュウ、この子って……」

「佐村玲南、十四歳。このマンションの最上階の通路から飛び降りて死亡した少女の魂だ」

「飛び降り……自殺ってこと？」

「ああ」

眉を寄せる。そういえばと、少し前に噂になっていたことを思い出した。

わたしが通っていた中学の隣の学区の中学校で、自殺した生徒がいたと友達が話していた。いじめが理由だという遺書があったそうだけれど、学校側はいじめの事実を否定しているという。

玲南ちゃんの着ている制服は、その学校の制服と同じだった。あの噂の子が、今目の前にいるのだ。

「強い未練があるらしく導けずにいるんだが、本人がその未練を喋らず、どうにもできない状態だ。本来の担当が匙《さじ》を投げ、ぼくに仕事が回ってきた。見てみろ」

と、キュウは玲南ちゃんの足元を顎で示した。

玲南ちゃんは真新しい白いスニーカーを履いていた。綺麗に使われているようだけれど、靴底の辺りだけが妙に汚れているのが気になった。近づいて見てみると、それが汚れではないことに気づく。アスファルトだ。

「な、何これ」

玲南ちゃんがいるこの場所が……地面が、玲南ちゃんの存在を徐々に浸食し、呑み込もうとしている。

「もうこいつが死んでからひと月以上経っている。タイムリミットはあとわずかだ」

死んだ魂は四十九日までに成仏させると前にキュウが言っていた。それを過ぎてしまうと地縛霊となり、成仏させられなくなる場合もある、と。

玲南ちゃんの魂は、この場所に縛られ始めているのだ。もうこの世にはいないのに、ずっとこの世に留まり続けることになってしまう。

「強い未練があっても無理やり成仏させることって、どうしてもできないの？」

「解消できない未練もあるから、手立てがないわけじゃない。だがその場合、魂の持つ未練がなんであるのかをぼくたちが知る必要がある」

「……この子が話してくれないとどうにもならないってわけ？」

「そういうことだ」

本来わたしはそこまで優しい人間じゃない。自殺した子がいるという噂を聞いたときも、可哀そうだねと言葉にするだけで、本当はほとんど関心を持っていなかった。所詮は他人事であって、わたしには関係のないことだから。

でも、今はその子が目の前にいる。この状況で、自分に関係ないとはさすがに言えない。

「あの、玲南ちゃん」

わたしは玲南ちゃんの横にしゃがみ、背中に手を当てた。生きている人間相手と違い幽霊にならら触れられる。けれどそこに生きている温度はない。

「こんにちは。日野青葉と言います。ちょっとお話を聞きたいんだけど、いいかな？」

できるだけ柔らかい声で話しかけてみた。やはり、玲南ちゃんからはなんの反応もない。

「……駄目か」

「まあ大方、自殺の原因にかかわるものだろうが」

わたしは立ち上がり、唇に指を当てる。

「いじめ……」

自殺の原因として、学校はいじめを否定している。しかし、わたしが聞いた話では、いじめは確かにあったらしい。噂をしていた子の弟が、自殺した生徒と同じ中学校に通っていて、詳しい話を知っていたそうだ。

自殺した子は、一部のクラスメイトからひどい扱いを受けていた。無視から始まり、私物を壊され、言葉による暴力、SNSでの中傷、人格を否定し侮辱する行為が、数ヶ月もの間続いていた。他のクラスメイトは自分がターゲットになるのが怖くて誰も助けなかったようだ。担任の先生すら、おそらく気づいていながら、見て見ぬふりをしていたという。

学校中の生徒がすでにその情報を知っていた。けれど学校も、そして加害者であるはずの生徒たちやその親も、担任も、保身のためにいじめの事実を認めていない。

「佐村玲南、おまえの未練は」

キュウが冷めた目で見下ろす。

「自分を甚振《いたぶ》った奴らへの復讐《ふくしゅう》か。それとも真実を認めようとしない学校に認めさせることか？」

玲南ちゃんはやはり沈黙したままだった。些細な動きすらなく、もはやわたしたちの声が聞こえているのかどうかすらわからない。

キュウは気だるげに首を振る。

「少し情報を集めてみるしかない」

「どうするの?」

「……学校にでも行ってみるか」

キュウの提案に乗り、わたしたちは玲南ちゃんが通っていた中学校へ向かうことにした。

その場を離れる前に一度振り返ってみたけれど、玲南ちゃんは、顔を上げることはなかった。


学校では六時間目の授業が行われていた。

わたしたちは正門を抜け、グラウンドでの体育の授業を横目に見ながら、昇降口から堂々と校内へ侵入した。

「他所《よそ》の学校に来るのってなんか緊張するなあ。しかも授業中だし」

「緊張する必要なんてない。ぼくらの姿など、誰にも見えていない」

「それはわかってるけど」

一年生の教室の前を通りかかる。昼過ぎだからか眠たそうな顔をしている生徒がほとんどで、その気持ちわかるよと言ってあげたくなった。

「玲南ちゃんは二年生だっけ。クラスまではわかんないんだよね。どこかで名簿でも盗み見れたらいいけど」

「通っていたクラスならわかる」

「え、わかるの？」

キュウの手に革の手帳があった。毎回いつの間にか出ていて、いつの間にか消えて
いる不思議な手帳だ。キュウは手帳に付いたペンを取り、開いたページに何かを書き
込んでいく。

「二年四組だそうだ」

「……なんでわかるの？」

「死者に関することで欲しい情報を書けば、答えが返ってくるようになっている。基本項目は氏名と年齢と死亡日、そして死亡理由だけだが、それ以外の情報も必要なら手に入る」

「へえ、便利……あ、ねえそれってわたしの情報も当てはまる？」

「死ねばな。今は無理だ。未練を解消する必要がないから」

「なんだ、よかった……体重とか知られたら嫌だったから……」

「そんなもの、有名人の熱愛よりも興味がない」

「え、わたし有名人の熱愛は結構興味あるけど」

「ぼくはない」

キュウは手帳を閉じた。やっぱり、瞬きをした瞬間に手帳は消えていた。

教室は学年ごとに階が分かれているようだ。階が上に行くにつれ学年も上がる。二年生の教室は三階にまとめられている。

キュウとわたしは三階に上がり、二年四組の教室を目指した。

すでに玲南ちゃんの所属していたクラスは把握していたけれど、もしかしたら確認するまでもなく、見つけることはできていたのかもしれない。

二年四組の教室の、真ん中よりも後ろ側の机。誰も座っていない席に、花瓶に入った花が活けてあった。亡くなった生徒のための花だ。

「あの席が、佐村玲南の席か」

数学の授業をしている教室内へキュウとふたりで入っていく。教卓に置いてあった座席表を見ると、やはりその席には【佐村玲南】と書かれていた。

玲南ちゃんが使っていた机は、一見綺麗にされていた。花は瑞々《みずみず》しく、花瓶の水も替えたばかりなのか透明感がある。しかしよく見ると、机の天板には何かが消された跡があった。何が書かれていたのかまではわからない。何かが机全体に書かれ、消されていた。

「……いじめは、クラス内で行われてたって聞いた。それが本当だったら、玲南ちゃんをいじめた子たちが、ここにいるんだよね」

教室内を見回す。黙々と授業を受けている生徒たちは、どの子を見てもごく普通の中学生にしか見えない。みんな大人しく、問題行為とは程遠く思える。

それでも、この中に玲南ちゃんに直接悪意を向けた人がいる。遊び感覚で他人の尊厳をもてあそび……殺した人がいる。

「やはりそいつらを断罪することが佐村玲南の未練か？」

キュウが退屈そうに腕を組んだ。

「それが未練だとして、解消させてあげることはできるの？」

「やれないことはないが、生きている人間への干渉はあまり推奨されていない。害を為《な》そうと言うならなおさらだ。たぶん怒られる」

「怒られて済むくらいならいいじゃん。やっちゃおうよ。わたし手伝うよ」

「馬鹿言うな。おまえが手伝ったところで怒られるのはぼくだけだ。どうして子どもひとりのためにぼくが怒られなきゃいけない？」

「玲南ちゃんが成仏できずに地縛霊になっちゃうよりましでしょ」

「……」

キュウはむすっと口を閉じ、目線だけを動かして教室を見渡した。

「……佐村玲南をいじめていた奴はどいつなんだ」

唸《うな》るような声で言う。

「玲南ちゃんのあの様子じゃ、聞いても答えてくれなさそうだしね」

「観察していればわかるか？」

「うぅん、とりあえずちょっと様子を見てみる？　誰かが噂とかするかもしれないし」

わたしたちは教室の後ろへ移動し、授業が終わるのを待った。

やがて終業のチャイムが鳴り、数学の先生の代わりに担任が教室へと入ってくる。

三十代くらいの男の先生だった。とくになんの印象もない地味な人だ。喋り方に覇気がなく、帰りのホームルーム中に生徒がお喋りをしていても、注意しようともしなかった。

「前にさ、高校生がいじめで自殺したっていうのがニュースになってて」

先生のつまらない話を聞きながら、なんとなく思い出したことを口にする。

「そのとき、たいして興味もなくテレビを流し見してたんだけど、情報番組に出てたコメンテーターのおじさんが、生きたいと思っても生きられない人がいるのに、自分で死を選ぶなんて駄目だってことを言ってたんだ」

死は救われる手段ではない。死ぬくらいなら生きてその場から逃げろとその人は言いたかったのだと思う。その考え方には賛成だ。わたしも死ぬくらいなら学校なんて行かなくていいし、家族からも離れていいし、どこかには必ず逃げ場があると思っている。苦しんでいる人へ、それを伝えることも必要だと思う。

でも、コメンテーターの発した言葉には同意できなかった。

「だからなんだって話でしょ。死にたいくらい生きるのが苦しいときに、なんでどこの誰かも知らない他人を思いやらなきゃいけないの。もしもわたしが自殺を考えるくらい弱ってるときにそんなこと言われたら、余計に押し潰されちゃうよ」

死にたいなんて考えを止めさせたいなら、そんなことを言うよりも、ここにいてい い意味を教えるべきだと思った。誰かのためじゃなく、あなたのための未来をと、伝えなければいけないと。

「死ぬのはよくないよ。でも無責任に死んじゃ駄目って言うのも、なんか違う気がするんだ。いや、もちろん、わたしの考えが正しいなんてことも思っちゃいないけど。いろんな考え方があるだろうし……」

煮え切らないわたしの稚拙な考えを、キュウは馬鹿にするだろうか。

そう思っていたら、意外にもキュウは「そうだな」と答えた。

「誰かと比べることも、誰かの分まで生きる必要もない。誰もが、自分だけの人生を歩めばいい」

澄ました横顔が言う。わたしは自分の指先をいじりながら、教卓に立つ先生へ視線を戻した。

ホームルームは、十分もしない間に終わった。先生はさっさと教室を出ていき、生徒たちは賑やかに各々の放課後を過ごし始める。

わたしたちはしばらく生徒たちを観察していたけれど、新たないじめのようなことは起きておらず、玲南ちゃんの机に関心を示している生徒もいなかった。

ただ、他のクラスメイトたちからやや敬遠されているようにも見える女子グループがあった。嫌われて距離を置かれているというよりは、刺激しないよう慎重に扱われている様子だ。

「あいつらか？」

「っぽい気もするけど……」

それだけでいじめの加害者と断定するわけにもいかず、座席表で名前だけ確認して、他の生徒たちの観察を続ける。

一応他のクラスも回ってみたりした。けれど結局、玲南ちゃんをいじめていた人物のはっきりした名前を確かめることはできなかった。

「わたしとキュウじゃ、聞き込みができないのが痛いね」

誰かに訊ねるわけにはいかないから、情報を得るにはどこかで話されていることに聞き耳を立てるしかない。しかし、玲南ちゃんが自殺してもう一ヶ月以上経っているのだ。話題の移りやすい中学生たちが、今も玲南ちゃんの話をしているはずがなかった。

「断罪すべき人間としてはっきりしているのは担任だけか」

人のほとんどいなくなった教室で、偉そうに教卓に腰かけたキュウが言う。

「面倒だな。いっそこの教室の人間全員に罰を与えればいい。見て見ぬふりをしていた奴らも同罪だろ」

「あ、それいいね！」

「馬鹿が、乗るんじゃない。そんなことをしたらぼくが罰を受けなきゃいけなくなるだろうが」

「自分が言ったくせに……」

しかし八方塞がりだ。そもそも、玲南ちゃんの未練が本当にいじめの加害者に復讐……することなのかもわからない。

玲南ちゃんが話してくれない限り、つまるところわたしたちにはどうすることもできないのだ。

「最後のひとり……さようなら」

教室に残っていた最後のひとりが鞄にノートを詰め出ていった。日の傾き始めたからっぽの教室は、なんだか妙に落ち着かない気持ちにさせられる。

「さて、どうするか」

とキュウが言った。

どうしようか、と、わたしは玲南ちゃんの机に指先を寄せながら考えていた。

ふいに足音が聞こえる。

教室の入口に、ひとりの女の子が立っていた。規定の膝丈のスカートを穿き、髪をふたつに結んだ素朴な子だ。

女の子は教室内を恐る恐るといった様子で確認してから、たっと中へ入ってくる。

「……なんだろう、この子、このクラスの生徒じゃないよね。何しに来たのかな」

「無粋《ぶすい》な奴め。好きな奴の机にラブレターでも忍ばせに来たに決まっている」

「うわ古っ！　今どきそんな子いないって」

「いつの時代もロマンチストはいるものだ」

なんて言い合いながら女の子を見ていたら、その子はわたしの目の前——玲南ちゃんの机の前にやってきた。

「え？　え、何」

「……なんだ、まさかそいつが佐村玲南をいじめた黒幕か？」

キュウが身を乗り出す。

女の子は、わたしとキュウに見られているなんて毛ほども気づかず、玲南ちゃんの席をじっと見下ろしていた。そして机上に供えられていた花瓶を手に取り、教室を出ていく。

「花、持ってっちゃったよ。捨てるつもりかな」

「あいつはこのクラスの人間じゃない。いじめはクラス内だけで行われていたんじゃないのか」

「それ自体ただの噂だから、本当のところはわからないよ」

「佐村玲南に関わりのある人間、ではありそうだが」

悩んでいると、さっきの女の子が戻ってきた。手には変わらず花瓶を持っていて、花も捨てられることなくすべて挿されたままだった。

女の子は、花瓶を玲南ちゃんの机の上に置き直す。

「あ、もしかしてこの子、水を替えてきたのかも」

「水？」

「うん。手が濡れてる」

クラスの誰も味方になってくれないようないじめを受けていたわりに、花が綺麗に保たれていることが気になっていた。罪悪感でも持っているクラスの誰かが世話をしているのだろうかと思っていたけれど……この子が頻繁に、わざわざ他のクラスからやってきて、替えていたのかもしれない。

「あ」

女の子は用事を済ませるとさっと教室を出ていった。わたしはキュウと目配せをしてその子のあとを追いかける。

女の子は二年一組の教室へと入っていった。机に置いてあった鞄を手に取り、時間を確認してから教室を出た。

わたしは女の子の名前を確かめる。なんとなく、この名前がとても重要なものであるような、そんな気がしていた。

夕焼け空の時間。

キュウとわたしは、玲南ちゃんのもとへ戻っていた。

マンションに住む子どもたちのものだろうか、どこからか賑やかな声が聞こえてくる。日常が日常的に営まれている、そんな世界の片隅で、玲南ちゃんは一ヶ月以上もひとりでこの場所にいる。

玲南ちゃんは相変わらず顔を伏せてうずくまっていた。わたしがそばに寄っても顔を上げることはない。

わたしは、少し離れた場所にいるキュウに目配せをした。キュウが頷く。

「玲南ちゃん」

声をかけても反応はない。わたしは玲南ちゃんの正面にしゃがみ込み、地面へ向かって垂れる長い黒髪を見ていた。

この子とわたしは赤の他人だ。なんの縁もゆかりもなく、情もない。そして、もう死んでしまっているこの子を、本当の意味で救うこともできない。

ただ、どんな事情であれ関わってしまったからには、最後まで見届けたいと思った。

わたしよりも年下のこの子が、どうして自分から死を選び、何が心残りでここへ留まり続けているのかを、知らないといけない。

「篠田《しのだ》璃乃《りの》」

その名前を、口にしたとき。

初めて、玲南ちゃんの肩がぴくりと動いた。

「篠田璃乃ちゃんのこと、知ってるんだね」

「……」

自分の膝を抱きしめていた玲南ちゃんの手が、ゆっくりと両方の手のひらを握る。

わたしは玲南ちゃんの答えを待った。

やがて、俯いていた玲南ちゃんが、顔を上げた。

きらきらと光る大きな丸い瞳に目を引かれる。整った顔立ちをした綺麗な子だ。そして今にも『助けてほしい』と言い出しそうな、苦しげな顔をしていた。

ひと呼吸間を置いてから、問いかける。

「璃乃ちゃんって、玲南ちゃんをいじめてた子？」

玲南ちゃんはぶんぶんと首を横に振る。

「じゃあ、玲南ちゃんの友達？」

返事はない。玲南ちゃんは、生きている人みたいに赤い唇を、白くなるまで強く噛みしめていた。

花の水を替えていた子──篠田璃乃ちゃんが玲南ちゃんに関係している人物であることは確実になった。これまで何を言っても応じようとしなかった玲南ちゃんが、璃乃ちゃんの名前に反応したことは、絶対に理由があるはずだ。

璃乃ちゃんが玲南ちゃんの未練に関わっているのだろうか。

それは、玲南ちゃんの自殺にも繋がっていることなのだろうか。

「玲南ちゃん、あなたの未練は何？」

自分で死を選びながらも強くこの世に残り、魂をこの場へ縛り続けている、そのわけは、なんなのだろう。

「……」

玲南ちゃんは眉を寄せ、下瞼いっぱいに涙を浮かべた。歪んだ唇が徐々に開き、何かを言おうとした。

そのとき。

玲南ちゃんの視線がわたしの後ろへ向く。

その視線を追いかけると、玲南ちゃんと同じ制服を着た女の子の姿があった。さっき学校で見かけたばかりの子だ。

トラックが止まる音、賑やかな子どもの声、どこかの家の夕飯の匂い、多くの人の生活する気配が漂う中で、璃乃ちゃんは世界にひとりきりであるかのような表情で、こちらに向かい歩いてきていた。

「璃乃」

と、ともすれば聞き逃してしまいそうな声が聞こえた。

玲南ちゃんは涙を溜めたまま、堪えるように頬に力を入れ、璃乃ちゃんを見つめている。

玲南ちゃんの浮かべる表情にどんな感情が込められているのかまでは測れない。ただ、恨みがあるようには思えなかった。玲南ちゃんの目は、まるで焦がれているみたいだった。

璃乃ちゃんは花束を抱えていた。玲南ちゃんのすぐそばに置かれた供花と、持ってきた花束とを交換する。

「……玲南」

小さな声で、璃乃ちゃんはすぐ隣にいる人のことを呼んだ。すぐ隣にいるのに、璃乃ちゃんの目が玲南ちゃんへ向けられることはない。

璃乃ちゃんは両手を合わせ、目をつぶる。数秒間、静かな時間が流れたあとで、璃乃ちゃんの手に雨粒みたいな涙が落ちた。

「玲南、会いたいよっ……」

璃乃ちゃんは声を殺しながら泣き続ける。玲南ちゃんは咄嗟に璃乃ちゃんの肩へ手を伸ばした。けれど、わたしたちは生きている人へ触れることはできない。璃乃ちゃんの体をすり抜けてしまった自分の手に、玲南ちゃんは呆然としていた。

「玲南ちゃん」

恐る恐る声をかける。玲南ちゃんはわたしに目を向けなかったけれど、掠れた声で、ぽつりと零した。

「璃乃は……あたしの大事な、親友」

そして栓が外れたかのように話し始める。

自殺してからの一ヶ月間、どこにも吐き出すことのなかった、小さな体に抱え続けていた思いを。

「あたし、小学校まで友達がいなかったの。親が厳しくて、遊びに行けなくて、誰もあたしと友達になりたいって思ってくれなかった。でも中学で同じクラスになった璃乃は違ったんだ。あたしの家のことも、あたし自身のことも理解して、いつもそばにいてくれた」

中学に入学し初めて出会ったふたりは、出席番号が前後だったことから会話を始め、すぐに仲良くなったそうだ。

璃乃ちゃんはおっとりしていて穏やかな性格で、人付き合いが得意ではない玲南ちゃんにも無理なく接してくれた。

璃乃ちゃんと友達になったおかげで、玲南ちゃんは他の子たちともちょっとずつ喋ることができるようになっていた。家は窮屈なままだったけれど、学校に行くのはいつの間にか少し楽しくなっていた。

やがて二年生に進級すると、玲南ちゃんと璃乃ちゃんはクラスが分かれた。お互いそれぞれのクラスで友達を作りながらも、ふたりの仲が変わることはなく、毎日一緒に帰るほどに仲がいいままだった。

玲南ちゃんの日々に変化があったのは、二年生になって二ヶ月経った、六月の頭のことだった。

きっかけは些細なことだ。ある男の子が玲南ちゃんに告白したことが、クラスメイトたちに知られてしまった。その男の子は目立つ女子グループの女の子に告白され断っていたばかりだった。

玲南ちゃんは男の子からの告白を断ったし、そもそも好意を寄せられること自体になんの非もない。

けれど、男の子を好きだった女の子と、彼女の友人たちはそうは考えなかった。理不尽な敵意を玲南ちゃんへ向けるようになったのだ。

その日から、玲南ちゃんへの精神的な暴力が始まった。

「初めはこんなのどうってことないって思ってたし、どうせすぐに飽きるだろって思ってた。でも、日に日に嫌がらせがひどくなって、最初はこそこそやられてたのが、だんだんみんなの前で堂々とされるようになった」

震える声で、でも淡々と語られる玲南ちゃんの過去を、わたしは黙って聞いていた。口を閉じていたのは、玲南ちゃんの言葉をすべて受け入れようと思っていたからではない。ただ、何も言えなかっただけだ。

「クラスで仲がよかった子たちは、自分が標的にされるのが怖くて誰も助けてくれなかった。むしろ相手に乗るような子までいた。あたしの味方になってくれるのは璃乃しかいなかった。けど、心配かけたり巻き込んだりしたくなくて、璃乃には、話せなかった」

玲南ちゃんが少しだけ目を細めた。

視線の先では、璃乃ちゃんがまだ泣き続けている。

「一回だけお母さんに学校に行きたくないって言ったの。そしたらすごく怒られた。どこにも逃げ場がないんだって、そのとき思ったんだ。だから無理やりにでも学校に行き続けてた。教室は地獄みたいで、早く一日が終わらないかなってずっと思ってた。

そんな毎日でも、璃乃はいつもどおりで、昇降口で待ち合わせして、くだらないお喋りしながら帰ってて。それがあたしの救いだったけど、いつの間にか、心が変になって、璃乃に腹が立つようになっちゃったの」

「……」

「璃乃に言わなかったのは自分のくせに、なんにも知らずに笑ってる璃乃にムカついた。あたしがこんなに辛い毎日を送ってるのに、全然気づかずにへらへらしてって。璃乃は何も悪くないのに。あたしはもう自分のことしか考えられなくなってて、璃乃に冷たく当たるようになっちゃった」

そのうち話さなくなったし、会わなくなった、と玲南ちゃんは言った。

「夏休みも誰にも会わなくて、朝から夕方まで近所の図書館で過ごしてた。長い休みが終わったら、あたしへのいじめも終わってればいいなあって思ったけど、全然そんなことなかった。二学期になったらむしろもっとひどくなった。親には言ってもわかってもらえないし、先生も助けてくれないし、相談できる友達もいない。あたしの味方はどこにもいない。逃げる場所も方法もない。ひとりぼっちだった」

玲南ちゃんの心は少しずつ、でも確かに壊れていた。それを治す場所も時間も、彼女には見つけられなかった。

そして、九月が半分過ぎる前に、玲南ちゃんの心は完全に壊れた。

「どうしようもなくて、もう死にたいと思った。死ねばこんなクソみたいな毎日から逃げられると思った。早く、早く、死にたかった。だから、死んだの」

呆気なく、感情もなく、玲南ちゃんはそう言った。

沈黙が続き、璃乃ちゃんの泣き声だけが響く。

「……死んで、気づいたら、ここにいた。あたしが死んだ場所」

間を置いて、ふたたび玲南ちゃんが話し始める。

もう玲南ちゃんの目に涙はない。肩は落ち、腕も力が抜け垂れ下がっていた。

作り物みたいな虚ろな瞳が、ただただずっと璃乃ちゃんの横顔を見つめている。

「しばらくぼうっとしてた。何回か夜が来て、朝になって、全然眠くならないしお腹も減らないし、嫌になることもなくて、ずうっとここに座ってた。一回知らないおばさんが花を置きに来てくれたけど、お父さんもお母さんも、先生も、クラスの子も、誰もここには来なかった」

声の震えは止まっていた。起伏のない口調で、どこか他人事のように玲南ちゃんは語る。

「自分が死んだことはわかってた。全然嬉しくなんてなかったけど、生きてた日々よりも遥《はる》かによかった。そのうち顔を上げるのも面倒になって一日中俯いてた。そしたら、足音がして、顔を上げると璃乃がいた」

「……」

「考えることもだるくなってたから、頭からっぽのままであたしは璃乃を見てた。璃乃は、ここにあたしがいるのにも気づかないで花束を置いて、手を合わせて、それから……大声で、泣いたの」

今日ここへ来たように、玲南ちゃんが亡くなった直後にも、璃乃ちゃんはひとりでこの場所を訪れていた。

親友が自殺した場所へ。

自分の知らないところで苦しみ、知らないところで死んでしまった人へ会いに。

「びっくりしたよ。璃乃が泣いたところなんて一回も見たことなかったのに、体中が溶けちゃうんじゃないかって思うくらい泣いてたんだもん。璃乃ってば、心配した近所の人に声をかけられるまで、何時間もずっと泣きっぱなしだったんだよ。ねえ、この子、あたしのために泣いてたの」

玲南ちゃんはわずかに身を乗り出した。右手をもう一度璃乃ちゃんへ伸ばす。でも、もうその手が璃乃ちゃんに触れることはない。

璃乃ちゃんは生きていて、玲南ちゃんは死んでいるから。二度とふたりの手は重ならない。

「あたし、璃乃を見て気づいちゃったんだ。絶対気づいちゃいけないことだったのに気づいちゃった。あたし、本当はひとりじゃなかったんだって、気づいちゃったの。あたしの味方になって、支えて、逃げ場所になってくれる人はいた。あたしが勝手に突き放して、見るのをやめちゃってただけだった」

渇いていた目にまた涙がぶ厚く浮かんだ。大きな瞳は濡れ、唇は歪み、何も掴めない手は自分の手のひらを強く握りしめることしかできない。

「気づけなくてごめんって璃乃は言ってた。何もできなくてごめんって。あたしに嫌われたんだと思ってたって。馬鹿じゃん、謝るのはあたしのほうなのに。ねえ璃乃、璃乃。ごめん。何も話さなくてごめん。信じきれなくてごめん。泣かせちゃってごめん。璃乃は、ずっとちゃんと、あたしの親友でいてくれたのに。あたし、当たり前のことが見えなくなって、ひとりきりなんだって思い込んでた」

体を切り裂くような激しい叫びは、けれど目の前にいる親友には届かない。

雲のない晴れた日。色を濃くした夕日が璃乃ちゃんの影を作っていた。いつかはふたり並んでいた影だ。今はひとつだけ。

「……なんて、今さら遅いよね。あたしもう、死んでるんだから」

玲南ちゃんが、どこにも残らない声で言った。

後悔はもう取り戻せない場所にある。かけがえのないものに気づいたところで、とっくに手の届かないものになっていた。

「璃乃」

と、呼ぶ声に、まるで応えるかのように、

「玲南」

と呟かれた。

その瞬間、玲南ちゃんの瞳に溜まっていた涙が落ちた。

「……死にたくなかった」

涙は溢れ、玲南ちゃんの顔がひどく歪む。

「死にたくなかった。死にたくなかった。本当は死にたくなんてなかった！」

思わず息を呑んだ。

キュウを振り返ると、静かな目をして玲南ちゃんを見下ろしていた。キュウも玲南ちゃんの未練が何かをすでにわかっているのだろう。そしてそれが、決して解消することのできないものであることも。

「嫌だ、嫌だ、嫌だ、嫌だ！　死にたくなんてない！」

叫びは止まらず吐き出され続ける。

誰にも聞こえない。目の前の親友にも。

もっと早く、取り返しがつかなくなる前に、誰かに……自分に、届けなければいけない叫びだった。

「死にたくないよぉ！」

魂をこの世に縛るその望みが叶うことはない。

ふたりの少女の泣く声が、いつまでも片隅に響き続ける。

◇

『玲南って、可愛い名前だね』

中学の入学式、初めて自分の教室に入ったときに、後ろの席に座っていた女の子にそう言われた。

『わたしは璃乃って言うの。よろしくね』

『璃乃……って名前も、可愛い』

『そう？　ありがとう！』

柔らかな笑い方をする子だという印象だった。人と話すのは苦手だったけど、璃乃とはすぐに打ち解けて、あっという間に一番の友達になった。

育ってきた環境も、性格も全然違うのに、どうしてか璃乃とはなんでも気が合った。どこにいたってしにくかった呼吸は、璃乃といるときだけは全然苦しくなかった。

『玲南、最近よく笑うようになったね。いいと思うよ。玲南、すごく可愛いからさ』

璃乃のおかげでちょっとずつ世界が広がっていく。友達も増えて、この足下を中心とした輪は、どんどん大きくなっていく。

それでも、隣には絶対に璃乃がいた。璃乃がぎゅっと手を握って隣に立っていてくれたから、なんだってできたし、どこにだって行けたんだ。

ああ、璃乃、泣かないで。

ごめんね。そんな顔をさせたいわけじゃなかったんだ。ちょっと疲れちゃっただけ。

璃乃を嫌いになんてなるはずないんだから。

大好きだよ。璃乃が好きだよ。これまでも、これからも、ずっとずっと大好きだよ。

『玲南』

ああ、あたし、本当はね。

璃乃と一緒に、生きていきたかったんだ。

◇

日が沈み、夜の色になった空の下。ファミレスの大型看板の上に座って、街の様子を眺めていた。

たくさんのことが頭に浮かんでいた。でも何ひとつまとまらなくて、いろんなことを考えているのに、何を考えているのかわからなかった。

「今日の仕事はもう仕舞いだ」

　隣に立っていたキュウが手帳を閉じる。

「佐村玲南を無事に導くことができたから、ご褒美代わりのちょっとした休みということだろう」

「仕事がなくてもすることなんてないから、別に休みなんてくれなくてもいいのに。死神の休みって何してるの？」

「ぼくは時間があるときには時々映画を観に行っている」

「それいいね。タダで見放題じゃん。わたしも今のうちに観たい映画観とこっかな」

　軽口を叩きながらもどこか心は浮ついていた。落ち着かない。何を思ったところで、どうすることもできないのに。

「死者にあまり心を寄せるな」

　わたしの内心を見透かしたキュウが言う。

「自分が苦しくなるだけだぞ」

「わかってるよ。でも、あんたみたいに簡単には割り切れない」

　もしも自分の心をコントロールできるなら、玲南ちゃんみたいな人もいなくなるだろうか。

いじめを苦に自殺した玲南ちゃんは『死にたくない』という未練を抱え、この世に留まり続けていた。しかしその未練を解消する術はなく、キュウは未練を抱えさせたまま、玲南ちゃんを成仏させた。

玲南ちゃんが消えたあとにも、璃乃ちゃんはひとりで泣き続けていた。

「自分で死を選んだのに、死にたくない、か」

自殺した子がそんなことを強く願っているなんて思いもしなかった。

「自殺する人間はおまえが思うより遥かに多い。自殺は珍しいことじゃない」

キュウがわたしの隣に腰を下ろす。

「中には本当に死にたくて死ぬ奴もいるが、多くは、死ぬしかないから死を選んだ者たちだ。彼らには、そうする他に道がなかった。もしも他に自分の心を守る道を見つけられてさえいれば、死ぬこともなかった」

自分で死を選んだからといって、決して死ぬことを望んでいたわけではない。『死にたい』という言葉は本気で死のうと思っている言葉ではなく、ここでは生きられないと助けを求めている言葉なのだ。

死にたいわけではない。生きられないだけ。

もしも自分が自分らしく生きられる場所があるのなら、そこで笑って生きていたはずだった。

「……わたしに何ができた？」

「何もできない。おまえにもぼくにも。佐村玲南はもう死んでいた」

「……」

膝を抱えて顔を伏せた。何もできないことはわかっていた。すでに亡くなっている人にしてあげられることなんてない。

いや、たとえ生きていたときに彼女のことを知ったとしても、たぶんわたしは手を差し伸べることはなかった。自分には関係ないことだと思って目を逸らしていたはずだ。

あの叫びを聞いて、ようやく玲南ちゃんの苦しみに気づいた。あんな叫びを聞かなければ、心が動きもしなかった。

自分が特別嫌な人間だとは思わない。誰だってそうだ。自分のことに精一杯で他人の痛みにまで構っている余裕がない。でも、自分は必ず誰かと関わり合って生きていることを、見失いたくない。自分に愛情を与えてくれる人の存在を……そして自分も同じだけ誰かに優しくできることを、忘れてはいけない。

「死んだ者のためにできることはない。だが、生きていれば、過去は変えられなくても未来を作れる」

キュウが、やっぱりわたしの頭の中を読んでいるみたいにそう言った。

のそりと顔を上げる。夜になったばかりの街は、たくさんの人が活動している。

「……キュウ、仕事がないなら、行きたいところがあるんだけど」

答えは、やや間を空けてから返ってきた。

「ぼくも暇をしている。仕方がないから聞き入れてやろう」


この辺りは目をつぶっても歩くことができる。小さい頃から慣れ親しんだ通りだ。

小学一年生のときに、お母さんと一緒にこの街へ引っ越してきた。お父さんと離婚したお母さんは、おじいちゃんとおばあちゃんのいる地元へは戻らずに、職場から近く、ひとり親でも子育てのしやすいこの地域でわたしと暮らすことを決めた。

小さなアパートの角の部屋が、わたしとお母さんの家だ。わたしは六歳からずっと、この街で暮らし続けてきた。

「この家だよ」

「ああ、なかなか立派じゃないか」

キュウとふたりで慣れた夜道を歩き、住宅街の中にある、一軒の家の前で立ち止まる。

立派な門構えの住宅だ。わたしの住むアパートはこの家のすぐ隣に建っている。

勝手に門を抜け庭のほうに回ると、庭に面した二階の窓に電気が点いているのが見えた。部屋にいるみたいだ。

「いいか、年頃の男の部屋に入るんだからな。ひとりにさせておいてやったほうがいいような場面だったら、何も見なかったことにしてすぐに出るんだぞ」

「わかってるよ。てかあんま変な想像させないで」

ふわと飛び上がり、明かりの漏れる窓に顔だけを突っ込む。

代わり映えのないシンプルな部屋の隅に、机に向かっている恭弥の後ろ姿があった。

わたしは部屋の中に入り、恭弥の隣に立った。恭弥は参考書を開き、黙々と勉強をしている。

「勉強中か」

あとに続いて入ってきたキュウは、まるで自分の家であるかのようになんの迷いもなくベッドに腰かける。

「幼馴染みだったか？」

「……ただの腐れ縁だよ」

「腐っていても、縁があるのはいいことだ」

恭弥は机に向かい続けている。いつも家でこんなに勉強なんてしないくせに、余計なことを考えないようにでもしているみたいに、難しい数学の公式を解いている。

わたしがここにいるのに、振り向きもしないで。

「……」

恭弥の家は、わたしの住むアパートの大家の一家だった。わたしたちが越してきて間もなく、わたしと恭弥が同い年だということを親同士が知り、仲良くなった。

わたしたちはいつだって一緒にいた。ふたりで遊ぶときも、他の友達がいるときも、家族ぐるみで出かけるときも、いつも隣に恭弥がいて、まるで姉弟みたいに育った。

恭弥がそばにいるのが、当たり前になっていた。

「当たり前すぎて、向き合うのをそっち退けにしちゃってたのかな」

玲南ちゃんと璃乃ちゃんの最後の様子を思い出す。

今さら伝えたって遅かった。もう何を言っても相手には届かなかった。どれだけの思いがあっても意味はない。あの場でふたりが言っていたことは、全部、生きているうちに言わなければいけないことだった。

「わたしも、あの子たちと同じだよ。今死んだら、恭弥に嫌なことを言ったままで終わっちゃう」

事故に遭った日、わたしを心配してくれる恭弥にひどい態度を取ってしまった。これが最後になるだなんて思いもしていなかったから。

人生には何が起きるかわからない。どこでお別れが来るかわからない。

大事な人がそばにいてくれることは、決して当たり前のことではないなんて、今まで知りもしなかった。

「恭弥」

小さな声で、呼んでみる。返事なんてくるはずがなかった。

けれど。

「青葉」

と声がした。

もちろんわたしの声が聞こえたわけではない。

恭弥は数式を綴《つづ》っていた手を止め、どこでもない場所を見ていた。

ふいに唇がかすかに震え、けれど堪えるようにきつく結ばれる。少しだけ伏せられた目には薄い涙の膜が張っていた。瞬きをして零れる前に、恭弥は手の甲でそれを拭った。

「恭弥……」

恭弥の涙につられるように、わたしの目にもじわりと涙が溢れる。大事な幼馴染みが自分のせいで悲しんでいることを思い知った。同時に、恭弥がわたしのために泣いてくれていることが少しだけ嬉しかった。

わたしはまだ、恭弥にとって大切な存在でいられている。

その思いを、いつだって素直に受け取ればよかった。

わたしの思いも、真っ直ぐに伝えればよかった。

「ひとりで泣かないでよ、恭弥」

これで終わりになんてしたくない。でも、終わってしまうかもしれない。運命はどうしようもない。

「どうしよう……嫌だよ。本当にこれでお別れになっちゃったら」

死ぬことは怖い。でもそれよりも、このまま大事な人たちと別れてしまうことのほうがずっと怖かった。お母さんにも、恭弥にも、言わなければいけなかったことを言えないまま死にたくない。

——もうおれ、こんな別れ方するの嫌なんだ。

恭弥に二度と、悲しい思いをしてほしくない。

せめて今、伝えたいことを、伝えられたらいいのに。

「伝えればいい」

キュウが立ち上がる。

机に向かう恭弥を覗き込み、ノートの端に転がるシャーペンに手を伸ばした。当然、キュウの手はシャーペンをすり抜ける。わたしや死者たちと同じく、人ではないキュウも、この世のものには触れられない。

「……伝えるって、どうやって」

「手紙を書けばいい」

「何言ってんの、できないよ」

「いや、おまえなら、このペンに触れられるかもしれない」

そんなこと、無理に決まっている。

この身になって、触れられたものはキュウの体と死者たちの魂しかない。壁も、ガラスも、海の水ですら、わたしの体をすり抜けた。

「おまえは死んだ魂たちとは違い、まだわずかにではあるがこの世との繋がりがある。強く念じてみれば、少しくらいの物への干渉ならできる可能性もある」

目を見開いた。無理だって、頭のどこかでは言っていた。

でも今は否定するよりも体が動いた。指先をシャーペンに近づける。とん、と感触がし、ほんの少しだけペン軸が揺れた。

「うそ、本当に触れた」

恭弥はペンが動いたことには気づかず、そのうえ丁度いいタイミングで席を立ってくれた。その隙にシャーペンを掴む。落とさないように注意しながら、恭弥の解きかけの公式の下に急いで文字を綴る。

【恭弥へ　前にひどいこと言ってごめん。心配してくれてありがとう。お見舞いも来てくれてありがとう。いつもありがとう】

小学生でももっとまともな文章を書きそうだ。でも今は難しいことを考える余裕がなかった。

他には何を言えばいいだろう。言いたいことがありすぎて、うまくまとまらない。

「おい、戻るぞ」

必死にノートと向き合っていると、後ろからキュウの声が聞こえ、手元が陰った。

ぱっと顔を上げたときには、真後ろに恭弥が立っていた。

「あ、やばっ」

「……」

恭弥は瞬きひとつせず、机の上のノートを見ていた。

恭弥の目には、ひとりでに動いているペンと勝手に綴られていく文字が見えているのだろう。少し間抜けな気もするけれど、何も知らない人から見ればれっきとした怪奇現象だ。

「き、恭弥……?」

大丈夫だろうか、恭弥は昔から怖い話が苦手なはずだけれど。

腰を抜かしでもしたらどうしようと心配するわたしのすぐ横で、恭弥はじっとノートを見つめ続けている。

もしかして、立ったまま気絶していたりしないだろうな。そう思い覗き込むと、

「青葉?」

　と恭弥が呟いた。

　恭弥は顔を上げ、わたしのほうを見る。確かにこちらのほうを向いている。けれど、視線が合うことはない。

「青葉の字だろ、これ。なんなんだ? そこにいるのか?」

　恭弥は怖いことが嫌いだからこそ、幽霊なんて信じてはいなかった。怪奇現象なんてただの自然現象であって、人は死んだらそれで終わり、魂なんてものだけで存在できるはずないと、自分に言い聞かせるように言っていた。言っていたくせに。

「なあ、青葉だろ? おまえ、どういうことだよ」

「……」

「まさか、死んだんじゃないだろうな。そんなわけないよな」

　恭弥の伸ばした腕がわたしの肩をすり抜けた。恭弥はそのことも気づいていないのだろう。

　恭弥にわたしの姿は見えない。声も聞こえない。話もできない。今のままでは。

「青葉!」

　わたしはシャーペンをぎゅっと握りしめ、ノートに言葉を書き加える。

【大丈夫、生きてる】

まだ繋ぎ止められて、ここにいる。

そうだ、わたしはまだ生きている。こんな方法でしか話ができなくても、わたしは死んでなんかいないんだ。

これで終わりじゃない。終わるために、手紙を残すんじゃない。

いつか目を見て、言葉を交わして、伝えたいことを伝え合うために。きっとそのための今だ。

「青葉」

何もない場所を見つめながら、恭弥がわたしを呼ぶ。

「おれ、おまえに言わなきゃいけないことがいっぱいあるんだよ。ああもう、ありすぎて、何から言えばいいかわかんねえけど」

「……」

「いつも怒らせてごめんとか、もっと自分を大事にしろとか、たまにはおれの言うことも聞いてよとか」

恭弥は短く息を吸い、口を閉じた。

ほんの少し、ためらうような間を開けて、震える声で吐き出す。

「おまえが誰より大事なんだって、言いたいこと、全部ちゃんと、言えばよかった」

わたしも、言えばよかった。

向き合えないのは、自信がなかったから。恭弥がくれるものを自分が返せている自信がなかった。そう思うのは、本当はずっと一緒にいたいからなんだって、言わないといけない。

「恭弥」

最後にノートに一行書いた。

【絶対に帰る、待ってて】

生きられると約束されているわけではない。

もしかしたら破ってしまう約束になるかもしれない。でも言わずにはいられなかった。今だけでも、必ず恭弥のいるところへ帰れると、信じていたかった。

わたしのいていい場所は確かにある。わたしの居場所を作り、わたしを愛してくれる人たちがいる。そこへもう一度帰りたい。

「待ってる……だから、絶対に、戻ってこいよ」

恭弥はノートの端を握りしめ、顔を伏せた。肩が震えているのを見て、わたしも恭弥に寄り添い泣いてしまった。

長い時間そうしていたけれど、キュウは何も言わなかった。

四章・泡沫のひとりごと

事故に遭ってから一ヶ月が経とうとしていた。

もう冬と言っていい季節だけれど、気温はまだそこまで下がらず、世間の様子は何ひとつ変わっていない。街行く人々はそれぞれの日々を営み、昨日と変わらない今日を過ごしている。

わたしの生死の再審査はまだ結果が出ていない。いつ頃答えが出るのかとキュウに聞くと、はっきりとはわからないけれどおそらくもう一週間以内には知らせが来るだろうとのことだった。その日が早く来てほしいような、来てほしくないような、複雑な気持ちだ。

キュウと一緒に行動するようになり、何十人もの人が成仏していくのを見送った。憂いなくこの世を離れる人もいれば、見苦しいくらいに縋りつく人もいた。もう顔も思い出せない人もいれば、声や仕草のひとつひとつまではっきりと記憶に残っている人もいて、清々しく見送った人もいれば、心に重くのしかかり続ける人もいた。

わたしは彼らの生きていたときのことをまったく知らない。

けれど死に触れることで、ほんの少しだけ彼らの生も垣間見たように思う。覚悟した死。望まなかった死。突然訪れた死。ゆっくりとやってきた死。その人の迎える最期と、その最期に対する感情は、その人がどう生きてきたのかを表しているような気がした。

わたしが、死んだら。わたしはどんなことを思うのだろう。

今死ねばきっと後悔ばかりだ。言いそびれたことだらけで死んでも死にきれないと思う。

それなら、どんな人生を送れば後悔なく死ねるのだろうか。

問いかけてみても、わたしにはまだ、答えを出せそうにない。

光の粒が空へ舞い上がる。またひとり、キュウの手で成仏していった。街を見下ろせる高台のカフェの、今は誰も座っていない端の席。わたしは、光が溶けていった天井をぼうっと眺めていた。あの魂は無事に天国に行ったのだろうか。

前に一度『天国ってどんなところ？』とキュウに聞いたことがある。そしたらキュウも行ったことがないからわからないと言っていた。キュウは自分も知らない場所へ死者の魂を導いているのだ。この仕事は、案外曖昧なところもあるらしい。

「次は……事故死か」

キュウが手帳を開いていた。休む間もなく次の仕事が入ってきたようだ。

「事故死？」

「ああ。信号待ちしていたところ、ハンドル操作を誤り歩道に乗り上げた自動車と衝突し死亡、とのことだ」

信号待ち中。車と衝突。状況はやや違うけれど、なんだか覚えのあるキーワードが並んでいる。

「なんか、わたしと似てるね」

キュウがちらりと目線を寄越した。

「会うのが怖いなら行くのをやめるか？」

わたしは顔をしかめる。

「やめるって言ったらやめられるの？」

「無理だ。ぼくは仕事を断らないし、おまえはぼくのそばにいなければいけない」

「だったら最初から聞かないでよ」

「いっ」と唇を真横に開き、キュウに背を向ける。

休業日の今日、カフェのデッキへ出る掃き出し窓は閉め切られている。わたしはガラスをするりとすり抜けて外へ出た。次に向かう場所はどちらの方面になるだろう。あまり遠くないといいけれど。

「もしもやめられるとしたら、行くのをやめるか？」

キュウも続いて外に出てくる。意味のない問いに、わたしは少しだけ考えてから返事をする。

「へえ……」

「行くよ。他にも事故で亡くなった人は何人も見てきてるから、もう平気だってことはわかってる」

「そうか」

「それにキュウだけだと心配だし。あんた冷たいし横暴だから、わたしがいたほうがみんな安心するじゃん」

「何を言う。ぼくはずっとひとりでうまくやってきた。経験も豊富だ」

「はいはい、わかってるよ」

キュウは小さく唇を尖《とが》らしてから、とんと木製の手すりを乗り越えた。地面に降りず、珍しく空を飛んで移動するようだ。わたしもあとを追う。

「事故死なら、突然亡くなってるし、未練があるかもしれないね」

どんな死に方をしたとしても、心残りのひとつもなく死ぬ人間はほとんどいない。その中でも、成仏できないほど濃く強い未練を抱えているのは、死ぬ準備も覚悟もできないまま亡くなった人が多かった。

「そうだな。楽に導ければいいが。未練を抱えるものは面倒だ」

「あのね、人の思いをそんなふうに言うのよくないよ。確かに大変だけどさ、大事なことなんだからこっちも真摯に向き合わないと」

「ぼくはいつだって真摯な態度でいる。おまえに説教されるいわれはない」

つっけんどんに言いながら、キュウはちらとわたしを振り返った。

なぜだかそのままじっと見つめられ、なんなんだと首を傾げる。キュウの目はガラス玉のようで、いつも何を考えているのかよくわからない。

「……それ見惚《みと》れてるの？　睨んでるの？」

「いや、もしも死んだら、おまえもこの仕事を任せられるかもしれないと考えていた」

「仕事？」

キュウが頷く。

「おまえはぼくに付き添い、死者を導くのを多く見てきた。だいぶ慣れただろうし、即戦力だろう」

「何それ、わたしが死神になるってこと？」

「ぼくたちの仕事は別に死神という名が付いているわけじゃないが……まあ、そういうことだ。この役割は、死者の中から素質があるものが選ばれて任命されている。ぼくもそうだ」

初耳だった。わたしは、キュウは初めからそういう存在として生まれてきたのだと思っていた。そう思い込んでいたから、キュウがこの仕事に就いた経緯など聞いたことがなかったのだ。

「もちろん断ることもできる。役を担うかどうかは各々の判断に委ねられる。ぼくらは他の魂同様に死んだのち、選ばれ、自らの意思でこの役割を背負った」

「じゃあ、キュウも、元々は人間？」

「ああ。随分前のことだが」

「キュウはどうしてこの仕事をしようって思ったの？」

「さあな、もうよく覚えていない。ただ、なんとなく、多くの人生に触れられるような気がしたからと記憶している。どうして他者の人生に触れたかったのかは、忘れてしまった」

キュウは一旦電信柱の上に立った。魂のいる場所が近いのだろうか、方向を確認してから「歩くぞ」と地上に降りていく。

そこは静かな住宅街だった。小さめの戸建てやアパートが建ち並ぶ地域だ。平日の昼間ということもあり、出歩く人の姿はあまり見かけなかった。車通りも少ない。

キュウは歩道のない通りを道なりに進んでいく。わたしも白線だけを踏みながら、キュウの後ろをついていく。

「ねえ、生きてたときのことは覚えてる？」

訊ねると「いや」と答えが返ってきた。

「覚えていない。忘れてしまった。そういうふうにできているんだ。心が強く残っていると、なかなかやりにくい仕事だから、徐々に生きていた頃の記憶が薄れるようになっている。今はもう何も覚えていない」

「……そうなんだ」

「ぼくはこの役目に就いて十年になる。つまり、死んでから十年。生きていた頃のぼくを知っている人間はまだ何人もいるだろうが、任が解かれるまではぼくはその人間たちのことも、自分自身が何者であったかも思い出すことはないだろう」

「思い出したいと思ったことはないの？」

「この役目に就いた時点で、忘れることは承知していた」

淡白な返事だった。強がったり誤魔化したりしている様子はなく、本当に返答どおりに考えているようだ。

「ただ」

とキュウは続ける。

「ぼくを知る人間に……ぼくが知る人間に、もしも会えるなら、会ってみたいかもしれない。役目を終える、その前に」

表情のない横顔は、どこかを見つめていた。何を見ているのか、たぶんキュウ自身もわかっていないのだろう。

「役目が終わるのっていつ？」

「手帳がすべて埋まったときだ。あの手帳一冊分がぼくらに任された仕事なんだ」

「だったらあとちょっとじゃん」

確か、すでに終わりに近いページを使っていたはずだ。数日で埋まるほどではないけれど、そう何年もかかることはないだろう。

「ああ。もうすぐぼくの役目は終わる」

「終わったらどうなるの？」

「他の魂と同じく、還るべき場所へゆくだけだ」

「還るべき場所……」

つまり、キュウも成仏する。

なんだか想像ができなかった。これまでの人たちのように、光の中に溶け、やがて空へ昇って消えるキュウの姿が。

そのときが来たら、キュウは死神から人間へと戻るのだ。自分が導いてきた魂たちと同じく、なんの荷も背負わない、かつて生きていたただのひとりの人間となって空へ還る。

想像はできなくてもいつか必ず来るのだろうその日に、わたしはもうキュウのそばにはいない。運命がどう転ぼうとも、こうしてふたりでいるのは再審査の結果が出るときまで。わたしの知らないところで、キュウは消えていく。

「キュウは、思い残すことなく成仏できるといいね」

「思い残すこと、か」

こいつが未練に縛られるところなんてもっと想像できないけれど。

「人であったときには、あった気がする」

思いがけない返事だった。


あるアパートの三階の部屋に足を踏み入れた。1LDKの一般的な間取りの部屋だった。

物は異様に少ない。必要最低限のものだけを揃えているといった印象だ。亡くなってから片づけられたのかもしれないし、元々こんな生活だったのかもしれない。

玄関から入ったとき、誰の姿も見えなかった。リビングにも、隣の六畳ほどの部屋にも見当たらず、どこにいるのかと探してみたら、その人はベランダから外の道路を眺めていた。

「光島渚《みつしまなぎさ》で間違いないか」

キュウが声をかけると、ベランダに佇《たたず》んでいた女性――渚さんは振り返った。

「はい、そうです」

霊の中には、自分のことを知り自分が見えているキュウに驚く人も少なくない。けれど渚さんは随分冷静だった。キュウのことを知っていたというよりも、元々そういう性質の人のように見えた。

年齢は三十七歳だと聞いている。うちのお母さんよりも十歳近く年下だけれど、外見からは同じ年くらいに見える。化粧っ気がなく、肩より伸びた髪は耳の高さで引っ詰めていた。きちんと手入れをしたら綺麗になりそうな雰囲気はあるのに、服装も纏うオーラも地味で暗く、いまいち冴《さ》えない人だった。

「ぼくは、おまえを導きに来た。自分が死んだことは理解しているか？」

「……ええ。わたしは成仏する、ということでしょうか」

「そうなる。だがもしもおまえがこの世に強い心残りがあるとするなら、この世を離れる前にそれを解消する手助けをしよう」

「心残り、ですか」

「光島渚、おまえに未練はあるか」

すべての魂に必ず訊ねることを、キュウは今回も問いかけた。

そのときなぜか、渚さんの目がわたしに向いた。何か言うでもなく無表情のままじっとこちらを見つめ、わたしが反応に困っている間に、ふいと視線を逸らす。

「あります」

小さな声で、そう答える。

「そうか」

たとえ未練があると答えても、成仏させられるものであればキュウは構わず成仏させてしまう。渚さんの〝未練〟がどの程度のものか確認するために、キュウは渚さんの両手を取った。

「……なるほど」

手が離される。つまり、渚さんの未練が、この世から離れられないほどのものであるということだった。

「光島渚。おまえの未練はなんだ」

渚さんは唇を噛み、間を置いてから、キュウと目を合わせる。

「……妹に、会うことです」

「妹？」

「はい。十年ほど前に家を出ていったきり、会っていません。妹が今、どこにいるのかもわかりません」

「その妹との再会が心残りとなっているのか」

「ひと目、姿を見るだけでいいんです。あの子が元気で生きているのか確かめたい」

「わかった」

キュウは革の手帳を取り出した。挿してあるペンを取り、後方のページを開く。

「妹の名は？」

「岬《みさき》です。海に突き出た陸地の岬の字を書いて、光島岬」

キュウが手帳に文字を書き込んでいく。手を止めてから数秒、どうしても気になって横からこっそり覗き込むと【光島渚の妹、光島岬の居所】と記された下に、インクが滲《し》みるようにじわりと文字が浮かんできた。

「光島岬は健在だ。現住所も判明した。今は、高村《たかむら》岬と名が変わっているようだ」

手帳に現れた情報を伝えると、渚さんははっとした顔をした。

「高村……」

「その姓に心当たりがあるのか？」

「ええ……その名を聞いて、少しほっとしました」

渚さんは、ほんの小さくではあるが、わたしたちの前で初めて笑顔を見せた。思い出を探るように目を閉じ、またゆっくりと開く。

「成仏する前に、岬に会いに行かせてもらってもいいでしょうか」

声はか細い。だが渚さんははっきりとそう言った。

「元よりそのつもりで居所を調べた。さあ、さっさと行くぞ」

キュウがベランダから飛んだ。わたしは渚さんの手を取り、キュウに続いた。

渚さんの妹である高村岬さんが住んでいるのは、渚さんの住む町から在来線と新幹線とを乗り継いで、片道数時間かかる地方の町だった。最寄り駅までは新幹線を降りてからさらにまた電車で三十分ほど。わたしたちは、空いている席に座ったり隙間に避けたりしながら、遠く知らない町への長い旅をした。

「妹とわたしは、十歳離れているんです」

渚さんがそう話し始めたのは、最寄り駅に着き、岬さんの住む家までの道のりを進んでいるときだった。

長い電車の旅では口数の少なかった渚さんだけれど、岬さんに近づくにつれ、思うことでもあったのだろうか、ぽつりぽつりと過去のことを語り出した。

「わたしが十五歳、妹が五歳のときに母が病気で他界しました。父は家族思いの優しい人でしたが、仕事が忙しく家にいられないときが多かったので、わたしがまだ小さい妹の親代わりになって育てたんです」

すでに空は夕焼けも収まり星が見え始めている。点いたばかりの街灯の下、キュウを先頭に、その後ろをわたしと渚さんとが並んで歩く。

「わたしは昔から人付き合いが苦手で引っ込み思案な子どもでした。妹は……岬は、わたしとは真逆の性格で、社交的で明るく、いつも友人たちの中心にいるような子でした」

母に似たのでしょう、と渚さんは続ける。早くに亡くなった渚さんのお母さんは、前向きで陽気な人だったそうだ。

「母が亡くなってから家のことをしたり岬の面倒を見たりと大変でしたが、父はわたしを行きたい大学へと行かせてくれたんです。だからわたしは、岬も自分の好きなことがやれるようにと、大学を出たら実家から通える場所へ就職し、働きながら家を支えていました」

渚さんの顔が少しずつ下を向いていく。歩く足も鈍っているようだ、前を行くキュウとの距離が徐々に開いていく。

「ちょうど十年前……わたしが二十七で、岬が高校二年生のときでした。岬が突然、妊娠したと言ってきたんです。相手は、付き合っていたひとつ年上の男の子でした。岬は、相手の子と結婚し、子どもを産むと言いました」

「え」と驚いた。高校二年生だったらわたしと同じ年齢だ。自分が今、子どもを産んで育てられるかと考えたら、とてもできるとは思えなかった。そんな責任感も覚悟もない。

「わたしは反対しました。だって、岬も相手の子も高校生。ふたりだってまだ子どもなのに、どうやって赤ちゃんを育てていけるんだろうって」

当時の感情が思い出されているのだろうか、渚さんはほんのわずか語気を強める。

「相手の男の子は岬と同じ考えでした。でも、やはり向こうのご両親も大反対をしていたようです。わたしは岬を説得しました。岬のお腹に宿った子どもの命は確かに大切だけれど、子どもを育てるのはすごく大変だと。心積もりも経済力も必要で、それがなければ生まれた子をないがしろにしてしまうかもれない」

渚さんはずっと俯いている。

両手は、カーディガンの裾をぎゅっと握りしめていた。

「けれど結局、岬がわたしの言うことを聞くことはありませんでした。相手の男の子が学校を卒業するのと同時に、ふたりは家を出ていったんです。どこへ行くかはわたしにも相手のご家族にも告げないままでした」

いわゆる駆け落ちというものだろうか。家族に理解してもらえなかった岬さんたちは、ふたりだけで子どもを産み育てていくことを決め、家族のもとを離れた。

「当時は腹が立って仕方ありませんでした。裏切られた気持ちだったんです。岬のことを思い大切に育ててきたのに、言うことを聞かずに去っていったんですから。でも、どうせすぐ戻ってくるだろうと思っていた岬がなんの連絡も寄越さず、時間だけが経つ中で、少しずつ思うようになったんです。わたしももっと他に考え方があったんじゃないかって。わたしは自分の考えを押しつけてばかりで、岬の本当の気持ちを聞いていなかったんじゃないかって」

渚さんがゆっくりと顔を上げる。

正面にあるキュウの背中はもう随分遠くなっていた。わたしたちが遅れていることには気づいているはずだけれど、キュウは気にすることなく自分のペースで歩き続けているようだ。

「やがて父も亡くなり、実家はわたしひとりでは維持ができなくなったので売ってしまいました。でも岬がいつ帰ってきてもいいように実家の向かいのアパートに引っ越し、時間があるたびベランダから外を眺め、岬が帰ってくるのを待っていました。結局、あの子は一度だって戻ってくることはなかったけれど」

渚さんがベランダに立っていた理由を知った。あの場所は、渚さんの未練を表している場所だったのだ。

「あなたを見ていると、岬のことを思い出します」

渚さんの目がわたしに向く。

「今はもうあの子も二十七歳。でもわたしの中の岬は、高校生のときのままで止まっていますから」

そう言われ、キュウに未練の有無を聞かれたときに、渚さんがわたしを見つめていたことを思い出した。渚さんは同じ高校生であるわたしに妹の姿を重ねていたのだろう。

「青葉さん、でしたっけ。天使のような存在なのに、学校の制服を着ているなんて不思議ですね。キュウさんは普通の恰好なのに」

「あ、まあ、えっと、趣味で……」

「外見の年頃も高校生くらいですからね。似合っていると思います」

「あはは、ありがとうございます……」

正直に話すにはわたしの存在は少々厄介だから、適当に誤魔化しておくことにする。

「あ、そういえば渚さん、高村っていう苗字に心当たりがあったみたいですけど、それってもしかして」

「ええ。当時の岬の付き合っていた相手の名前です。高村侑也《ゆうや》くんと言いました。だから、岬の今の名前を聞いて、あの子はきちんと侑也くんと結婚し、今も一緒にいるんだなと、安心したんです」

「……そうだったんですか。仲良く暮らしている姿を見られるといいですね」

「はい。それを確かめられれば、思い残すことなくあの世へ行けます」

小さく渚さんは笑った。

わたしは、笑えなかった。

岬さんが渚さんのことをどう思っているのかわからない。もしかしたら恨んでいる可能性もある。

でも、母親同然に自分を育て、家を出るまで一緒に暮らしたただひとりの姉が死んだことを知れないのは、悲しいことのような気がしたのだ。岬さんはもう、二度と渚さんには会えない。

「遅いぞ」

キュウが道の先に立ち止まっていた。わたしたちを待っていてくれたのかと思ったら、単に目的地に着いただけだった。

キュウの脇には五階建てのマンションが建っている。ちょうど夜ごはんの時間だから、どこからかいい匂いが漂っていた。この身になってごはんを食べる必要はなくなったけれど、美味《おい》しい匂いを嗅ぐと、なんとなくお腹が空いてくるような気がする。

「この建物の四〇二号室が高村岬の住む場所だ」

あそこだな、とキュウが外から指さした。ベランダに続く掃き出し窓は、遮光カーテンが閉められていないようで、明かりが全面から照っている。

「心の準備はできているか」

キュウが渚さんに問いかけた。渚さんはこくりと頷く。

わたしたちは、四〇二号室のベランダへとのぼった。明かりが点いていたのはリビングで、夜ごはんの並んだテーブルに若いお父さんとお母さん、そして小学校中学年くらいの女の子と、四歳くらいの男の子が座っていた。

他愛ないお喋りをして、同じ皿からおかずを取り、女の子が好き嫌いするのをお母さんが叱って、男の子がこぼした野菜をお父さんが拾う。

和気あいあいと家族で食卓を囲む姿は、まさしく幸せな家族そのものだった。あたたかな家庭を思い描けば、きっとこんな形になるのだろうと思うような。

「……岬」

渚さんが呟く。

眩しいものでも見るように、渚さんは目を細め、ガラス一枚挟んだ家の中を見つめている。

「あの人は、岬さんですか」

「ええ……旦那さんも、侑也くんで間違いありません。年齢から見て、あの女の子があのとき岬のお腹にいた子でしょう。下の子も生まれていたんですね」

「……お姉ちゃんも弟もママ似ですね」

岬さんは、顔を大きく使って笑う人だった。渚さんがしない笑い方だ。明るく、声も大きく、渚さんとは全然違う人だ。

でも、見た目は渚さんによく似ていた。姉妹であると、ひと目見てわかるくらいに。

「幸せに、暮らしていたんだね」

渚さんは窓ガラスへ手を伸ばす。わたしたちが閉じられたガラスの向こうに行くのは簡単だ。けれど、渚さんがそこを越えることはなかった。

「ごめんね、岬。わたしはあなたに幸せの形を押しつけてしまった。幸せは、人それぞれ違うのにね」

　わたしたちの身には意味のないはずのガラスが、まるで高くぶ厚い境界線のようだった。それを挟んで紡がれた言葉は届かない。いや、たとえこの声が耳元で叫ばれたとしても、岬さんの目が渚さんに向くことはなく、ふたりが話をすることも、もうできない。

「はいはーい、じゃあママがお片づけしてる間に、ちいちゃんとあっくんとパパはお風呂入ってきてください」

　食事を終え、岬さんが号令をかけると、子どもたちは一斉にリビングの奥へと走っていった。侑也さんも腰を上げ、ぐっと伸びをしながら子どもたちを追いかける。

　岬さんは笑顔でみんなを見送り、キッチンで洗い物を始めた。賑やかだったリビングには、今は岬さんの鼻歌だけが響いている。

「キュウさん、青葉さん、ありがとうございました」

　家族の光景を眺めていた渚さんが、わたしたちに向き直った。

「もう大丈夫です。これで成仏できます」

「妹が幸せに生きている姿を見て満足したか」

「はい。二度と会えないと思っていましたから、本当に、感謝してもしきれません。

妹に会えたから、死んでよかったと思うくらい」

「……そうか。では、光島渚、手を」

キュウが差し出した手のひらに、渚さんが手を重ねる。

ふたりの合わさった手の間から、徐々に淡い光が漏れてくる。

「ちょっ……と待って！」

咄嗟に腕を振り下ろし、わたしはふたりの手を解いた。

渚さんは目を丸くして驚いて、わたしに思いきり手首を殴られたキュウは、あからさまに不機嫌な顔をした。

「なんの真似《まね》だ。理由次第じゃジェット機におまえを括りつけるぞ」

「あ、いやごめん。渚さんの成仏を邪魔するつもりは全然ないんだけど。ただ」

「ただ？」

「その前に、渚さんの気持ちを、岬さんに伝えちゃ駄目かなって」

渚さんが満足したなら、確かにもう成仏することはできる。でも、本当にこれで終わりにしていいのだろうか。

岬さんは一生、渚さんの思いを知ることなく生きていく。渚さんは岬さんの今を知ることができ、過去を清算することができたかもしれないけれど、岬さんはずっと渚さんとすれ違ったまま生きていかなければいけなくなる。

それは本当に、渚さんの未練を――大事な妹への思いを、消化できたことになるのだろうか。

「岬に、わたしの気持ちを、ですか？」

「そう、そうです。声は届けられないけど、手紙なら書けるじゃないですか」

「馬鹿め。光島渚は完全に死んでいるから、おまえと違ってこの世の物への干渉は一切できない」

「わたしが代わりに書けばいいんだって。あ、それか、わたしが鉛筆を握って、そのわたしの手を上から渚さんが握れば」

うまく書くことはできないだろう。でも、渚さんの筆跡になる。

岬さんがもしも今も渚さんの字を覚えていれば、姉からの手紙だと気づいてくれるはずだ。

「ね、渚さん。伝えましょう。このままじゃ、絶対に駄目だと思うんです」

「……でも、そんなこと、してはいけないんじゃ」

「大丈夫ですよ。キュウってベテランらしいから、多少の我儘くらい利くはず」

ね、とキュウに振ると、キュウは大きなため息を吐き、腕を組んだ。

「どうする、光島渚。おまえのことだ、おまえが決めろ。ぼくはそこのとんちきの言うとおりにしても、何もせずに成仏しても、どちらでもいい」

キュウに訊ねられ、渚さんはしばらく黙りこくった。

ややあって、意を決したように顔を上げ、口を開く。

「……お願いします。最後に、あの子への言葉を」

リビングの隣に、ベランダから続く子ども部屋があった。わたしたちはそこへ侵入し、お姉ちゃんの勉強机からノートを一冊拝借した。

お風呂場からは子どもたちの楽しげな声が聞こえてくる。まだしばらく上がることはなさそうだ。

わたしはノートの一番後ろのページを破り、ペン立てに挿してあったボールペンを一本手に取った。二度目だからか、恭弥にメッセージを書いたときよりもスムーズに物に触れることができた。

ボールペンを握るわたしの手の上から渚さんに手を置かせる。ペン先を用紙に近づけ、書く準備を整えた。

しかし、渚さんは書き始めようとしない。ボールペンの先は用紙の左上で止まったまま。

「渚さん？　大丈夫ですか？」

「……すみません。伝えると決めたのに、いざとなると何を書けばいいかわからなくて。何をどう伝えても、岬は、わたしを許さないんじゃないだろうかって」

渚さんの右手はかすかに震えていた。岬さんの反応への恐怖が渚さんをためらわせているのだろうか。

「大丈夫だ。心配するな」

部屋の隅で眺めていたキュウが言った。

「わかり合える。おまえたちは、きょうだいだろう」

根拠なんてなかった。きょうだいだからなんだと言うのだろう。家族だとしても何もかもわかり合えるわけじゃない。だからこそ渚さんと岬さんは、十年もの間離れて暮らすことになったのだから。

でも、どうしてか、今はキュウのその無責任な言葉を信じてもいいような気がする。

「渚さん」

「……はい」

渚さんは頷き、わたしの手を介して文字をたどたどしく綴っていく。

伝える言葉は、岬さんへの謝罪と、今の日々への祝福と、未来の希望。

用紙一枚に収まる、飾り気のない、けれど大切な思いの込められた手紙は【あなたたちがいつまでも幸せであるように願います】という一文で締めくくられた。

渚さんがすでに亡くなっていることは、手紙には書かれなかった。それは必要ないことだと、渚さんが判断した。

「これで、いいです。青葉さん、ありがとうございました」

「いえ。この手紙が渚さんからだってちゃんと気づいてもらえたらいいけど」

「もしも悪戯だと思われれば、それはそれで構いません」

わたしはボールペンをペン立てに戻した。あとはこの手紙をどこに置いておくか考えないと、と思ったところで、部屋の電気がぱっと点いた。

「もう、やっぱり、また片づけ忘れてる」

手紙を隠す間もなく、岬さんが子ども部屋へと入ってくる。わたしたちは思わず無言になり、部屋を片づける岬さんの動向を見守った。

しばらくぶつぶつと文句を言いながら散らばるおもちゃや本などを整理していた岬さんは、しかしふと何かに気づき、勉強机の上に手を伸ばした。

「なんだろ、これ」

不自然に置いてあった一枚のノートの切れ端——渚さんの手紙を拾った岬さんは、眉を寄せ、それから大きく目を見開いた。

言葉を発することなく、綴られる言葉を読み続け、やがてぱっと顔を上げる。

「お姉ちゃん？」

きょろきょろと辺りを見回す。岬さんの目からは、誰も見えない。見えるはずがない。

　けれど、岬さんは何かに気づいているようだった。悪戯としか思えないその手紙が、誰からのものであり、どうしてここにあるのかを。

「お姉ちゃん？　いるの？　何これ、何、どういうこと？」

　部屋中をさまよっていた岬さんの視線が止まる。その先に渚さんはいない。岬さんの目は、決して渚さんを見つけられていない。

「お姉、ちゃん……」

　荒い呼吸が部屋に響く。そして、渚さんとよく似た形の目に見る見る涙が溜まり、零れた。

「なんで……なんでよ。どうしてお姉ちゃんが謝るの？　謝るのはあたしのほうだよ。あたし、すごい自分勝手で、お姉ちゃんがあたしのことを思ってくれてることに全然気づいてなかった。お姉ちゃんはずっと、あたしを守ってくれてたのに」

　岬さんが膝を突く。手紙を握りしめながら、涙が溢れる顔を上げ叫び続ける。

「あたし、何度も家に帰ろうと思った。あたしの子どもたちに、お姉ちゃんと会ってほしかった。ちゃんと幸せだよって言いたかった。でも怖かったの。お姉ちゃんに軽蔑されてるんじゃないかって、お姉ちゃんに、本当に拒絶されたらって。そう思ったら、怖くて、帰れなかった……！」

「……岬」

「帰ればよかった、会えなくなる前に。会いに行けばよかったよ。お姉ちゃん、ごめん。ごめんね。許して。お姉ちゃん、大好き。あたし、今でもお姉ちゃんが大好き」

「……」

「お姉ちゃんっ……ああ、うぁああ！」

岬さんは突っ伏して泣いた。それに寄り添うにように、渚さんも涙を流した。

泣く姿までよく似た姉妹だった。似すぎて、ふたりともが互いに嫌われるのを怖がり、一歩を踏み出すことができなかったのだ。

可哀そうだと思ったけれど。このふたりの結末を、そんな言葉で括りたくはなかった。

「ママ？」

部屋の外から男の子が心配そうに顔を覗かせる。お風呂上がりで顔は火照《ほて》り、髪も濡れたままだ。

続いて女の子もやってくる。

「パパ！　ママが泣いてる！」

子どもたちが岬さんを心配そうに覗き込んだ。岬さんは子どもたちを抱きしめながらも返事はできず、ただただ泣き続けている。

「どうした、岬？」

岬さんの姿に戸惑う侑也さんの目が、握りしめられしわになった手紙を見つけた。内容までは読み切れず、それが何であるのか、誰が書いたものなのか、侑也さんにはわからないはずだ。

けれど何かを感じ取ったのか、侑也さんは何も言わずに子どもたちごときつく岬さんを抱きしめた。

四人の家族のすぐそばで、渚さんも泣き続けた。

◇

世界で一番の宝物を聞かれたら、迷わず妹だと答えた。

お転婆で明るくて、可愛くて優しい妹。

母親のぬくもりを知れない分まで、めいっぱいの愛情を注いであげようと決めていた。

岬の幸せが、自分の幸せだった。決して不自由がないとは言えない暮らしの中であっても、岬にはいつだって自由に、思うままに生きてほしいと思っていた。

『お姉ちゃん、プレゼント。このリップ、お姉ちゃんに似合う色だと思うんだよね』

『そうかな。こんなに明るい色、変じゃないかな』

『そんなことないって。お姉ちゃん美人なんだから、ちゃんとメイクしたら超綺麗になるはずだよ』

『そんなふうに言ってくれるの、岬だけだよ』

『常に困り顔なのもよくないね。ほら、笑って。笑ったら、すごく綺麗だから』

あのときもらった口紅は、結局一度しか使わなかった。岬は似合うと言ってくれたけれど、どうしても派手な気がして恥ずかしくて、ポーチの中にしまったままにしてしまった。

今も、大事にしまってある。

『お姉ちゃんにね、大事な話があるの』

岬には、幸せに生きてほしかった。

学びたいことを学び、やりたい仕事をし、いつかこの人だと思う相手と結婚をして、あたたかい家庭を築いてほしかった。苦労のない道を歩いてほしかった。

それがただの身勝手な思いなんだって気づいたときには、もう岬はいなくなっていたけれど。

ああ、ちゃんと、幸せになったんだね。

よかった。これでもう心配することは何もない。

だからほら、笑って。

笑った顔が綺麗なのは、わたしたち、そっくりだもんね。

◇

マンションの屋上で渚さんを見送った。

泣き腫らした顔をしながらもどこかすっきりした様子で、渚さんはキュウに導かれ、空に昇っていった。

最後の光の粒を、消えたあとも目で追いかけ続けた。成仏するときのあの光を見ると、星のひとつひとつが死んだ人の魂だという話も頷ける。キュウに言えば『そんなわけないだろ』と一蹴されるだろうから、絶対に言わないけれど。

「本当は、亡くなる前にこうなれたらよかったね」

キュウに言ったつもりはなく、ひとりごとのようなものだった。

渚さんと岬さんの心を救ったとは思わない。むしろ、知らなくてよかった苦しみを与えてしまったのかもしれない。

お互いの気持ちを伝え合ったところで渚さんはもう亡くなった人だ。この物語には、初めから救いなんてなかった。

「後悔のないように生きるのは難しい。だからこそ、終わりがないよう、人は繋がり続けるように生きていく」

キュウを振り返る。

暗い夜の中、薄ぼんやりと光のない瞳が浮かんでいる。

「誰かと関わり合い、自分の思いが繋がり、残っていくよう生きるんだ」

「……渚さんの思いは岬さんに繋がったのかな」

「光島渚と高村岬が報われるとは限らない。新たな後悔も生んだかもしれない。ただ、意味はあっただろう」

キュウはそう言い、手帳を開いた。

残り少ない後ろのほうのページを、いつもよりも少しだけ時間をかけて読んでいた。

ぱふ、と革のカバーを閉じる。

「今日の仕事は仕舞いだ」

「だいぶ遠くに来ちゃったから戻らないといけないしね。でも今からじゃもう新幹線に乗れないんじゃないかな。明日の朝帰る？」

「……いや、晴れているし、空でも散歩して帰ろう」

わたしの返事を聞かず、キュウはとんと屋上を離れた。珍しいこともあるものだと思いながら、わたしも慣れた動作で空に跳ねる。

地上を歩くよりは速いけれど、キュウは急ごうともせずゆっくりしたペースで進んでいた。辿《たど》り着くのは夜明け頃になりそうだ。眠くならず疲れもしないこの身だからこその長い散歩だった。

まだ街が明るく、星は数えるほどしか見えなかった。そのうち山の辺りに差し掛かればもっと綺麗に見えるだろうか。

キュウはずっと黙っていた。わたしも、ぼうっと広い空を眺めていた。

「ねえキュウ」

と、時間が経ってからなんとはなしに声をかけた。「ん」と短い返事が戻ってくる。

「あんた、わたしになんで死にたくないのかって聞いたことがあったよね」

キュウと初めて会った日、死にたくないと取り乱したわたしに、キュウは機械のように冷静にそう聞いた。

なぜ死にたくないのか、生きることに意味はあるのか、と。

「ああ、そんなことを言った気がするな」

「わたし、何人もの人の死を見て、わたしなりに生きることとか死ぬこととか、どういうことかなって考えてたんだ。今までは、死ぬことが身近じゃなくて、あんまり真剣にそんなこと考えたことなんてなかったんだけど」

生きている限り死が身近にない人なんていない。それなのにどこか他人事のように思っていた。生きていることは当たり前で、当たり前に明日があって、日々は退屈で、自分がここにいる意味を知ろうともしなかった。

「考えはまとまったのか」

キュウがこっちを見ないまま言う。わたしは「ううん」と答える。

「なんのために生きるのかなんて、どれだけ考えても全然答えを出せないんだよね。そばにいてくれる人を大事にしたいとか、言いたいことは伝えられるときに伝えなきゃいけないとか、そんな当たり前のことには気づけたかもしれないけど」

大事なことだと思う。わたしはそんな簡単なことすらないがしろにしてしまっていたから。もしもまた生きるチャンスをもらえたら、大切なものを見失わないようにしたいし、それから、自分のことも大切にしたい。

もう少し、素直に生きてみようと思った。隣にいる人のくれる愛情や優しさにも、自分の心にも。

でも、じゃあわたしの生きる意味はなんだろうと自分に問いかけたら、やっぱり今も胸を張って言える答えは見つからない。

幸せになるためなら、じゃあその幸せの定義ってなんだろう。もしも死ぬほうが幸せなくらい苦しいことがあったら死んでもいいのだろうか。死んではいけないと言うのなら、それもどうしてなのだろう。死ぬことが駄目なら死んだら不幸？　なら誰だって最後は不幸で終わる。でも、そんなことはないはずだ。

　生きることとって、なんだろう。

　わたしが死んだら泣いてくれる人たちのために生きる？　それもひとつだとは思う。誰かのためになら、自分を大切にできることもある。でも、わたしの生き方としては、何か違うような気がする。

　だったらわたしは、どんな生き方をしたいのだろう。どう生きれば、充実したと言える最期を迎えることができるだろう。わたしが生きていても死んでいても、世界は何も変わらない。それでも生きる意味なんて、本当にあるのだろうか。

　考えれば考えるほど、答えは遠くなっていく気がする。

「それでいい」

　とキュウは言う。

「少し考えたくらいで答えが出せるなら、世の哲学者は誰も苦労なんてしない。なぜ生きるのか、生きる意味とは何か、どうして死んではいけないのか。そんなことを、わかったような気になって生きている奴のほうがどうかしている」

「……」

「ただ、理由はわからずとも、ぼくらは確かに生を受けた。生は不平等だが、命あるものに死は平等に訪れる。後悔なくは生きられないし、そもそも後悔のない人生がいい人生とも限らない。自分が呼吸しやすい場所で、生きる意味を、理由を考えながら生きるしかない。生きて、そして死ぬときに何を思うかが、きっと自分の人生の意味になる」

たくさんの人の死に、その人の人生を見た。

この世を離れるときに思うことは人それぞれで、送ってきた人生も誰かと同じ人なんてひとりもいなかった。歩んできた道も、何に幸せを見るのかも、どう満たされ喜ぶのかも、ひとりひとり違っている。

だからこそ、生きるということを、他の誰かに聞いても答えなんて出ない。自分の頭で考えて経験していくしかない。真剣に、真っ直ぐに、でも時にはまわり道をして、肩の力を抜きながら。死ぬまで生きてみるしかない。

「世界に自分が必要なくとも、自分の人生の主役は、自分にしかなり得ない」

「わたしの人生の主役は、わたしだけ？」

「ああ。だが、おまえひとりでおまえの物語が成り立つわけじゃない。そしておまえもまた、誰かの物語を支える大事な脇役でもあるんだろう」

「難しいね。わたしにはまだ、よくわかんないよ」

「わからないなら、考え続けろ。生きている間ずっと。答えを出すことが偉いんじゃない。考えることをやめないことが大事なんだ」

「また嫌み言ったね。生きられるかわかんないのに」

「生きられる。まだしばらくは」

「え？」

「日野青葉」

キュウが振り返った。

空は白み始めている。

いつの間にか、わたしたちは遠い土地からいつもの街へと戻ってきていた。特別感などない、平凡な、わたしの生きる街。

そしてここは、わたしの体が眠る病院の上。

「おまえの生死の再審査の結果が出た。日野青葉の新たな運命は、生と、決定づけられた」

夜明けが来る。

みんなが目を覚まし、新しい朝になる。

「……それって」

「おまえの寿命はまだ続く。生き長らえたということだ。そしてぼくがおまえの面倒を見るのもようやく終わり。今この場で、おまえの魂を体へと戻そう」

キュウの背中の向こうから太陽が昇ろうとしていた。

淡い逆光に陰ったキュウのガラス玉の瞳が、真っ直ぐにわたしを見つめている。

「なんだその腑抜《ふぬ》けた顔は。嬉しくないのか？」

「……嬉しいよ。だって死ぬのは嫌だったし。こんなにも猶予もらってたのに、全然死ぬ覚悟なんてできてなかったから。でも、突然すぎて、ちょっと追いつかないっていうか」

「間もなくわかるという話は前にしておいただろう」

「そうだけど」

右手をこめかみに当てる。まだうまく受け止められていない。

「わたし、もう今から体に戻るの？」

「そうだと言っただろう。まあ、おまえの体はまだ回復しきっていないし、一ヶ月も眠り続けていたから、戻ったところで当分はまともに動けないだろうが」

「元に戻ったら、キュウのことは見えなくなる？」

「おまえが霊感などないならそうなるな。ぼくらは常人には見えない」

「じゃあもう会えないってこと？」

「おまえの死が次にいつ来るかはわからんが、随分先のことになるだろう。そのときにはぼくはもう役目を終えている。おまえを迎えに行くのはぼくじゃない」

つまり、もう二度と会うことはない。

今が最後のときだった。運命の不具合なんていう馬鹿みたいな理由で一緒に過ごした一ヶ月が、終わる。

「せっかくもらった命、だなんて余計なことは考えるなよ。元より誰のものでもなくおまえの命だ。おまえの好きに生きろ」

キュウはわたしの両手を掴んだ。繋ぎ目から光が漏れる。

これまで成仏させてきた人たちの光とは違う。昇るのではなく、下りていく光。魂を地上へ——体へと戻し、繋ぎとめるための光。

その光が、わたしの体を包んでいく。

「キュウ、待って」

「せいぜい元気にやれ」

「キュウ!」

あまりにも突然すぎる。

そもそも、キュウは渚さんを成仏させた直後から手帳を開いていない。ならあのときにもうわたしに下された結果を知っていたはずだ。だったらどうして長い帰路の途中で教えてくれなかったのだろう。

わたしに、別れの言葉を言う時間をくれなかったのだろう。

最後の最後まで意地の悪い。

咄嗟のことに頭が回らず何を伝えればいいのかわからなかった。

言わなければいけないことは、たくさんあるようで、でも何もないようで。

「まあ、悪くない時間だった」

別れがいつだって突然来ることくらい、もうとっくに知っていたのに。

「キュウ、あのね」

「あのね、わたし――」

あんたの意地悪なところが嫌いだ。自分勝手なところが嫌いだ。わたしに優しくしてくれないところも、たまに妙に説教臭いところも、ちょっとナルシスト気味なところも嫌いだ。

でも、わたしの死神がキュウでよかったって、言いたかった。

「……っ」

ぐにゃりと視界が揺れる。景色が、音が、消えていく。違う、消えているのはわたしだ。ここではないどこかへと体ごと強く引っ張られているような……いるべき場所へと連れ戻されているような。

意識が遠のく。

周囲の雑音がなくなった代わりに、耳元でごうっと波のうねるような音が響いた。

その音の隙間に、

「さようなら、青葉」

と、聞き慣れた、最後の声が聞こえた。

◇

体が重い。全身を強く押さえつけられているみたいだ。呼吸もどこか少し苦しい。深く息を吸うことができず、浅くゆっくりとした呼吸ばかり繰り返してしまう。

腕を動かそうとしてもなぜかまったく力が入らなかった。今までどうやって体を動かしていたのかわからなくなってしまうくらい、どこもかしこも自由が利かない。

唯一、瞼だけがなんとか動いた。

ちりちりと繋ぎ目を剥がすように瞼を開けると、白色の殺風景な壁が見えた。いや、壁ではなく天井だ。知っている。ここは知らない場所ではない。何度か来たことのある場所だ。

「……」

かすかに首を動かし、視線を左側へ向けた。そこには、椅子に座り日記を書いているお母さんの姿があった。

「……おか……さ……」

呼ぼうとしても、声が出せない。

それでもお母さんははっと振り向き、まん丸に見開いた目でわたしを見下ろした。

「青葉……？」

「お……か、さ……」

「青葉！」

お母さんは身を乗り出し、わたしを毛布の上からきつく抱きしめた。抱きしめ返したくても体が動かない。目尻から流れる涙も、自分で拭うことはできなかった。

ナースコールが押され看護師さんがやってきても泣き続けた。生きて帰れたことが嬉しいからか、もう一度お母さんに触れられるのが嬉しいからか、それとも違う理由でなのか。自分でもよくわからないまま、わたしは泣き続けた。

事故に遭い、昏睡《こんすい》状態になった日からちょうど一ヶ月。

わたしは——わたしの魂は自分の体へと戻り、目を覚ました。

五章・死神にはなむけを

一度目を覚ましてすぐ、わたしはまた眠ってしまった。昏睡状態に戻ったわけではなく、浅い眠りに就いただけだった。

起きたときには二時間が経っていた。病室に来ていたはずのお医者さんや看護師さんたちはもういなくなっていて、お母さんだけがベッド脇に座り、わたしの顔を覗いていた。

「おはよう青葉」

瞼をうっすらと赤くしたお母さんが笑う。

お母さんの肩越しに見える窓からは、明るい光が射していた。朝だ。長い長い……うんと長い夜が、ようやく明けたような気がした。

「おは、よ」

乾いたのどから必死に声を絞り出す。喋ることどころか息を吸うことすら難しいけれど、どうにかお母さんに応え、笑みを浮かべた。

お母さんは唇を震わせ目に涙を溜める。その涙を両目から零しながらも、笑顔のままで、わたしの右の頬を優しく撫《な》でた。

あたたかい。

お母さんの手のひらの感触も温度もわかる。すぐそばにいる人に触れられる。

こんな当たり前のことを、当たり前と思えることが幸せだった。大事な人がそばにいて、自分もその人の隣にいられる、その当然は、本当は、あまりにも幸運なことだったのだ。

「おか、さ……あの、ね」

荒く息をしながら声を出すわたしをお母さんが止める。

「無理しないの。大人しくしていなさい。あんた、自分がどれだけ眠り続けてたのか知ってるの？」

「しってる。だい、じょぶ……おかあ、さ……わたし、ね」

自分がどのくらいここで眠っていたかを知っている。お母さんや恭弥にどれだけ心配をかけ、そして大切にされ、愛されていたのかを、わたしは十分に気づかされた。

生きることと、死ぬことを、眠っていた一ヶ月間、この目で見てきた。

どれだけの人の生死に触れても、なんのために生きるのか、その答えは結局わからないままだった。けれど、わたしは確かに生きている。

「わたし……」

生きている意味はわからなくても、わたしたちは死ぬまで生きている。

きっと、死んでしまってからではできないことを、生きているうちにするために。

「おかあさん、が、だいすき、だよ」

こんなこと、恥ずかしくて小さいときにしか言ったことはない。たぶんこれからだって、そう頻繁に伝える勇気は出せないと思う。

でも、今だけは照れずに言おう。

本当はもっと早く言わないといけなかった、ずっと思っていたことを。

「わたし、を……そだて、て、くれて……ありがと」

これじゃまるで別れの言葉のようだけれど。そうではなく、この先もまだずっと一緒にいるために、これまでの感謝を伝えたい。それから。

「これから、も……めい、わくかける、けど……」

「……青葉」

「おかあ、さんも……わたしに、甘えて、いいよ」

うまく声を出せないことがもどかしい。言いたいことはもっといっぱいあるのに。

もしも上手に話せたとしても、きっと伝えきれないほど、お母さんに言わなければいけないことがある。

お母さんの気持ちを真っ直ぐに受け止めきれなくてごめん。変に考えすぎて馬鹿な思い違いをしていてごめん。そのせいで、いつも素直になれなくてごめん。それでもずっと、わたしを包んでいてくれてありがとう。

お母さんがわたしを宝物みたいに思ってくれるように、わたしにとってもお母さんは、かけがえのない大切な家族だ。

「……だから」

伝えたいことは、なかなか言葉にならない。

でもお母さんは、そんなこと全部わかっているみたいに、泣きながら笑った。

きっと今までも、お母さんはわたしのことをわかっていた。

向き合おうとしなかったわたしとは違って、お母さんはいつだって、わたしを真正面からまるごと抱きしめてくれていたのだ。

「ありがとう青葉。今まで心配かけてごめんね。お母さんももっと青葉を頼るし、弱音も吐かせてもらう。だから青葉も、めいっぱいお母さんに迷惑かけなさい」

「……」

「青葉が生きているだけで、お母さんは誰よりも幸せ者なんだから」

わたしも、これからはその言葉を素直に受け取ることができるだろうか。たぶん、大丈夫だと思う。

大切なことにはもう気づいたから。

この一ヶ月で得たことは、いつか必ずやってくる最期のときまで、きっと手放すことはないだろう。

昼が過ぎ、お母さんはこれからの入院生活に必要なものを家に取りに帰った。

目覚めたばかりのわたしのそばを離れることを心配していたけれど、「大丈夫だから」と伝えると、不安そうにしながらも病室を出ていった。

大丈夫という言葉は決して強がりではなかった。本当に、もう大丈夫なのだと確信していた。

一ヶ月寝たきりだった体はあちこちが衰え、力が入らず、まだ怪我が治りきっていないところも多くある。いくつもの管に繋がれ、体を起こすことすらできない。それでも、状態が悪くなることはない。わたしはこれから快方に向かっていくだろう。だって、そういう運命だから。

「……」

天井を見上げながらぼうっと考えた。

わたしが眠っていたはずの間のことを。

まるで夢を見ているみたいだった。そんな不思議な日々を過ごした。

本当に夢を見ていたとは思わない。あれは紛れもなく、わたしが実際に経験した出来事だった。

キュウと、死者を見送り続けた一ヶ月。

わたしが運命の不具合とやらに巻き込まれたこと、生死のはざまで魂だけになっていた期間のこと、キュウと過ごしたこと、全部が色濃く大切な時間だった。忘れようとしたって忘れられないくらいの。

あの日々で出会ったことは、わたしがこれから先も生きていくために必要なことばかりだったように思う。

あの日々を経て、何かが変わったかと言えば、たぶん何も変わっていない。自分が成長したとは思わないし、摩訶不思議《まかふしぎ》な経験をしただけで、重要な人生経験を積んだとも考えていない。

相変わらず生きる意味なんて知らない。命は大事だし死にたくもないけれど、誰かに向かって、死にたいとか言うな、なんて叫ぶ気にはならない。

学んだとは、言いたくなかった。生きるとか死ぬとか、そんなことの深い理由を知った気にはなりたくないし、実際に少しも知れてなんかいないのだろう。

知らなくても、誰もがそれぞれの人生を歩くしかない。同じ人生はないのだから、誰にも生きる理由なんて聞けない。答え合わせもしてくれない。

だから、ただただ足を踏み出し続けるしかないのだ。手放してはいけないものを零さないように、気づかなければいけないことを見落とさないようにしながら。

自分のしたい生き方を、最期のときまで。

今、ここで、生きているのだから。

お母さんが出ていってしばらくもしない間に、入れ替わるように、恭弥が病室にやってきた。

お母さんからわたしが目を覚ましたと連絡を受けていたのだろう、額に汗を滲ませながら病室に飛び込んで来た恭弥は、わたしを見るなり大きく目を見開いた。

「……青葉」

「恭弥」

「本当に、起きて……」

肩で息をしながらそう呟き、持っていた鞄をとさりと落とす。

恭弥は、ベッドの脇にしゃがみ込むと、わたしの頬に頭を寄せるように顔を伏せた。

恭弥の癖のある髪が肌に触れてこそばゆい。洒落《しゃれ》っ気のないシャンプーと、ほんの少しの汗の匂いがする。

「よかった……」

シーツを握る指先は震えていた。

わたしは、右腕の肘から下をどうにか持ち上げて、恭弥の頭の上に手を乗せる。

「だい、じょうぶって、言ったでしょ」

恭弥がゆっくりと顔を上げた。滑り落ちるわたしの手を、恭弥の手が握る。

「約束、したから、ね」

必ず帰るって約束をした。本当に守れる確信なんてない恰好つかない約束だったし、わたしの何かが生死の選択を左右したわけではないこともわかっている。でも、あのとき結んだ不確かな約束が、わたしがここへ戻るための道しるべになっていたようにも思う。

細い細い糸を辿ってここまで帰ってきたのだ。お母さんの……恭弥のそばに必ず帰るんだと思い続けていたから、揺れる天秤の上でも心が折れずにいられた。

わたしは、確かに帰ってきた。

生きている今、触れることも、声を届けることもできる。

「ただ、いま。恭弥」

「ああ。おかえり、青葉」

恭弥が息を吐き出しながら笑った。

繋いだ手のひらからは、恭弥の体温が伝わってくる。指先を少し動かして恭弥の指に絡めてみると、恭弥は両手でぎゅっとわたしの手を握り、自分の頬に寄せた。

「恭弥……学校、は？」

「おばさんから青葉が起きたって連絡来たから、午後の授業サボってきたんだよ」

「ふふっ、不良」

「どうせ教室いたって授業なんてまともに聞けねえよ」

恭弥は唇を尖らせて目を逸らす。

見慣れた幼馴染みの横顔をじっと見つめてみた。確か初めて会ったときも、恭弥は人見知りを発揮してそっぽを向いていたはずだ。

あのときから随分変わった。鼻筋は真っ直ぐ綺麗に伸びて、輪郭も丸みがなくなり大人の顔つきになった。

これからも少しずつ変わっていく。成長して、大人になって、歳を取っていく。

「恭弥」

呼ぶ声に引かれるようにこちらに向いた瞳だけは、小さなときと同じだった。色の濃い瞳。

「ね、一緒にいて」

「ん？　いるだろ」

「そうじゃ、ない。これからの、話」

これまでみたいに、これからも、当たり前のような顔で隣にいてほしい。

そんな恥ずかしいことを、願ってしまいたくなった。

「何それ、プロポーズみてぇじゃん」

「そうだよ、って、言ったら、どうする？」

「……どうするって」

そうだな、と呟き、恭弥は少し視線を斜めに向ける。

「一緒にはいるよ。でもプロポーズの返事となると、今はなんとも言えねえな。おれらまだ高校生だし、そういうの、簡単には考えらんねえよ」

元気さえあれば「は？」と声を上げていた。あまりに味気ない恭弥の発言にため息を吐きたくなった。

「最低」

「なんでだよ。無責任に適当なこと言うほうが最低だろうが」

「空気、読んで」

「そう言われてもな。ああでも、そうだな、青葉がおれとのことをそんなふうに考えてくれてんだったら」

と、恭弥が繋いだ手を握り直す。

「いつか大人になったら、次はおれから言うよ」

それは、新しい約束だ。

わたしがしたのと同じ、本当に叶うかわからない小さな約束。

でも、そんな心許ないものを目印に、わたしたちはこれから歩いていくのだろう。

何が待っているかわからない、人生の先へ。

「……どしたの」

ふいに恭弥が唇を結び、眉を寄せながらじっとわたしのことを見つめた。

ほんの少し間を置いてから、息を吸い、口を開く。

「いや、なんつうか」

「うん」

「未来の話ができるって、すげえことだったんだなって、思って」

恭弥は震える息を吐き出した。俯いた目の、睫毛《まつげ》越しに、見る見る涙が溜まっていくのが見えていた。

わたしたちには未来がある。なんだってできるし、何にでもなれる。まだ狭い世界しか知らないわたしたちも、大人になれば、どこへ行くことも、誰に出会うことも自由にできるようになる。

そんな日々が来ることを、当然のように思っていた。でも未来があることは、決して当たり前のことではない。誰であっても絶対に明日があるとは言えない。

だからこそ、眩しく、願いを込めて、いつかの話を語ろう。

そばにいたい誰かと一緒に、奇跡のような未来の話を。

「そ、だね」

「青葉」

「何」

「生きてくれて、ありがと」

恭弥の両目から涙が溢れた。堪えることもなく恭弥が泣くから、わたしもつられて泣いてしまった。

恥ずかしげもなくたくさん泣いた。

ふたりで、ずっと泣いていた。

◇

目を覚ました日から半月。わたしは治療とリハビリを済ませ無事に退院した。

運命の再審査によって寿命が延びたことが影響していたのだろうか、異様に回復が早く、少なくとも一ヶ月は入院が必要だと言われたところを、半分の二週間で退院することができた。この回復力には、お医者さんも随分驚いていた。

まだしばらく通院は必要だけれど、幸い後遺症もなく――これも運命とやらのおかげだろうか――わたしの毎日は、以前の日常生活へと戻っていった。

週末に退院し、学校へは週が明けたらすぐに通い始めた。

一ヶ月半振りの登校は嬉しいと言うよりもなんとなく気恥ずかしく、わたしはへらへらしながら教室に入ったのだけれど、クラスメイトたちはわたしを見つけた途端抱きついたり泣いたり大喜びしたり。思っていた以上の出迎えを受け、恥ずかしさも不安も一瞬で吹き飛び、わたしはつい嬉し泣きをしてしまった。

それから、バイト先にもお母さんと一緒に挨拶に行った。事故に遭ったのがバイト帰りだったこともあり、オーナーやスタッフさんたちはかなり心を砕いてくれていたみたいだ。わたしは、心配をかけたことと長期間休んだことを謝り、もうすっかり元気になったことを報告した。

休んでいたわたしの代わりとなるスタッフはすでに入っていた。もちろんそれは承知の上だったから、わたしはもうここを辞めるつもりだったけれど、「青葉ちゃんがよければバイト続けてね」とオーナーが言ってくれたから、その言葉に甘え、週に二回だけシフトに復帰することにした。

少しずつ、元の生活に戻っていく。体に付いた痣《あざ》は消え、縫い合わせた傷跡は薄くなり、身のまわりのこともこれまでどおりの日常へと向かっていく。

成仏を待つ死者たちも、無愛想な死神もわたしの目には映らない。

生きている人間の世界に戻ってきたのだなと、わたしは地面を歩きながら、空を見上げる。

「奇跡なんだって。おまえが生きてたこと」

隣を歩く恭弥が言った。

退院してから二週間、最後まで貼り続けていた左腕のガーゼが取れ、すっかり怪我人らしさが消えた日の、学校の帰り道。

「まあ、そうだろうね。死んでてもおかしくなかったよね」

トラックに跳ね飛ばされ一ヶ月間も意識を失っていたのだ。今、まるで何事もなかったかのように生きていることは、確かに奇跡に違いない。

「他人事みたいに言うなよ。どんだけ心配したと思ってんだっての」

「散々謝ったじゃん。ほんと根に持つよねあんたって。女々しい奴」

「おまえがもう二度と死にかけたりしないようしつこく忠告してやってんだよ。優しいだろ」

「恭弥はわたしのことが大好きだもんね。いつもありがと」

「……なんか腹立つ」

「本音だし、本当のことじゃん」

道端の石ころを蹴飛ばした。石ころが転がっていった縁石のすぐそばを大きなトラックが走り去っていく。車道側を歩いていた恭弥は、わたしをさらに車道から遠ざけるように左へと寄った。別にわたしは平気なのに。わたしよりも恭弥のほうが敏感になっているみたいだ。

事故に遭う前は、恭弥と一緒に帰ることなんて滅多になかった。でもわたしが退院し復学してから、恭弥は登校も下校も欠かさずわたしに付き添うようになった。正直なところ、嬉しいとかありがたいとか思うよりも、過保護すぎやしないかと呆れてしまっている部分がある。ただ、それだけ心配をかけてしまったのは事実だから、お詫《わ》びのつもりで、恭弥の気が済むまで好きにさせることにしていた。

ちらりと、恭弥の横顔を盗み見る。

見慣れきった幼馴染みの横顔に、別の顔を重ねる。

「ねえ、わたしが眠ってたときの話、したでしょ。覚えてる？」

目を覚ましてからしばらく、わたしがまだ入院している間に、お見舞いに来た恭弥にキュウとの一ヶ月間の話をした。

恭弥が信じても信じなくてもどっちでもよかった。ただ、わたし以外の誰かにも、あの出来事を知っていてほしいと思った。

わたしの中だけにある、夢にも思えるあの日々が、言葉にすることできちんと形となって残るような気がしたから。

「覚えてるよ。おまえが死神の手伝いをしてた話だろ。死んだ人の魂を成仏させるっていう」

「うん、それ。今さらだけど、あれ信じる？」

「え？　嘘だったのかよ」

恭弥が声を跳ね上げる。

「嘘じゃないけど。現実離れした話だから、普通信じないじゃん。そもそもあんた、オカルトじみた話嫌いだし」

「まあ……おれだって、なんにもなけりゃ夢を見てただけじゃねえのかって思うけど」

恭弥は鼻の先を上に向けた。

「でも、信じるよ、おれは」

「わたしの言うことだから？」

「違ぇよ、自意識過剰だな。そうじゃなくて、実際に理解できねえことが起きてんのを目の当たりにしたからだって」

そういえばと、恭弥の部屋で怪奇現象を起こしてしまったことを思い出した。恭弥にどうにかメッセージを伝えようと手紙を残し、それを書いていたところを見られたのだ。

「あのとき、恭弥が驚いて気絶するんじゃないかと思った」

「確かにおまえの字だって気づかなかったら気絶してたかも」

「キュウが、恭弥に手紙を書いたらどうだって言ったんだよ」

いくらわたしがまだ死んではいなかったとはいえ、あんなこと、本当ならしてはいけなかったはずだ。

駄目なことだとわかっていながら許可してくれたのは、ただの気まぐれだったのかもしれないけれど。もしかしたら、わたしが思っていたよりもずっと優しい奴だったのかもしれないと、今さら思う。

「そのキュウって奴、この辺りを担当してんだろ？　なら、今もそこら辺にいるのかもな」

笑いながら、恭弥は視線をいろんなところへ散らした。

恭弥とキュウは顔立ちが少し似ている。けれど、キュウがこんなふうに笑うところは見たことがなかった。一ヶ月もの間、四六時中一緒にいて、結局わたしはキュウの笑顔を一度だって見ることはなかった。

──心が強く残っていると、なかなかやりにくい仕事だから。

そうキュウは言っていた。

もしもキュウの心が、もっと感情が揺れ動くくらいあったとしたら、笑ったりすることもあったのだろうか。

生きていたときには、キュウも、笑っていたのだろうか。

「ん？」

ふと、恭弥が鞄からスマートフォンを取り出した。マナーモード中のスマートフォンは、連続して震えている。

「電話？」

「ああ、母さんからだ」

「おばさん？」

道の端で立ち止まり、通話ボタンを押した。「もしもし」と軽い口調で答えた恭弥の顔は、おばさんの声に相づちを打ちながら、どうしてか徐々に険しくなっていく。

「大丈夫？　なんかあった？」

こそりと聞くと、恭弥は「ちょっと待ってて」と電話口に言い、通話を続けたままでわたしに顔を寄せる。

「悪い。じいちゃんがなんかちょっと危ないみたいで。おれこのまま病院行くわ」

「え……おじいちゃんが？」

恭弥のおじいちゃんなら、わたしと同じ病院に入院していたはずだ。退院する前に何度か病室へ遊びに行ったことがある。そのときはなんで入院しているんだろうと思うくらい元気で、おじいちゃんもすぐに退院できるはずだと話していた。

「まだ本調子じゃない青葉に心配かけると悪いからって言わないでいたけど、青葉が退院してから、容体が悪化しててさ」

「そんな」

「ここ何日かはまともに話もできないくらいで」

『ねえ、もしかして青葉ちゃんもそこにいる？』

と、スピーカーからかすかに恭弥のおばさんの声が聞こえた。恭弥がスマートフォンを耳に当て直す。

「青葉なら今一緒にいるけど……うん、うん、わかった。じゃああとで。すぐに行く」

通話を切り、恭弥は眉を寄せながらわたしに視線を向けた。

「あのさ、青葉がよければなんだけど、一緒に病院に来てくれないか。じいちゃん、青葉のことも本当の孫みたいに思ってるから……もしかしたら最後になるかもしれないからって」

「最後って……」

「じいちゃん、今意識なくなってるみたい。覚悟しとけって言われた」

言葉が出なかった。

恭弥のおじいちゃんは、わたしにとっても本当の家族みたいな人だ。小さい頃から、実の孫である恭弥と同じように、わたしのことも可愛がってくれた。

「どうする、青葉。嫌なら無理しなくていい」

「行くよ。わたしもおじいちゃんに会いたい」

「……わかった」

わたしたちは近くのバス停からバスに乗り込み病院へと向かった。心がざわついて、ずっと落ち着かなかった。

四人部屋にいたはずのおじいちゃんは、いつの間にか個室に移されていた。わたしが一般病棟に移されてすぐ入っていたのと同じ、ナースステーションから近い部屋だ。

扉は開けられていたけれど、入る前にノックをした。ベッド脇に座っていた恭弥のおばさんが、わたしたちに気づき立ち上がる。

「恭弥。青葉ちゃんも、ごめんね。来てくれてありがとね」

「ううん、わたしがおじいちゃんに会いたかったから」

「親父は？」

「すぐには来られないって。でもできるだけ仕事を早く切り上げるって言ってた」

おばさんに手招きされ、恭弥と一緒におじいちゃんのそばに寄った。

おじいちゃんは、点滴とモニターに繋がれてベッドの上で眠っていた。

最後に会ったのは、わたしが退院した日だった。たった二週間しか経っていないのに、おじいちゃんの風貌はまるで別人みたいになっていた。

「……おじいちゃん」

呼びかけても返事はない。荒くゆるやかな呼吸の音だけが胸の奥から漏れている。

心が落ち着かないのに、何をしたらいいかわからなかった。体の芯にもやもやしたものが集まって、膨らんで、心臓が潰れてしまいそうだ。

「なんか嫌だな。青葉のときのこと思い出しちまう」

恭弥が下唇を噛んだ。

「先生が、ここ数日が山だって」

「……年は越せそうにねえのか」

「そうだね、こちらも心の準備をしておかないと」

それきり誰も何も言えなくなった。

おじいちゃんは高齢で、闘病も何年も続けていたけれど、だからって別れのときを覚悟するのは簡単なことではない。いなくなってしまったあとのことなんて、その人が大事であればあるほど想像できないのだから。

わたしは人の死をたくさん見てきた。それでも慣れたわけではなかった。

むしろ、見てきたからこそ怖かった。もしもおじいちゃんが死んでしまったら、もうわたしがおじいちゃんにしてあげられることは何もなくなってしまう。あのときのわたしが恭弥やお母さんに触れられなかったように、生きていた人間も、死んだ人には触れられないのだ。

その人の声も聞けない。姿も見えない。

それを望んでも、望まなくても、死はやってくる。

「……じいちゃん？」

恭弥が呟いた。見ると、おじいちゃんの瞼が薄っすらと開いていた。

「……」

「じいちゃん、起きたのか？　おれがわかる？　青葉も来てるよ」

濁った瞳が右へ左へとさまよい、やがて恭弥に向けられる。

「ゆ、づる」

恭弥を見ながら、けれどおじいちゃんは、恭弥ではない人の名前を呼んだ。

恭弥が目を見開く。

──弓弦《ゆづる》。

その人のことを、わたしは知らない。でも、名前だけは知っていた。

「弓弦……ああ、なんだ、迎えに来てくれたのか」

「……じいちゃん」

「おまえは、優しい子、だからなあ。じいちゃんが、寂しくないように、来てくれたんだな」

おじいちゃんが右手を恭弥へ伸ばす。震えるその手を、恭弥は両手できつく握った。

「弓弦。じいちゃんも、もうすぐ、そっちに行くから」

たるんだ薄い瞼がゆっくりと閉じられる。

胸元は、今にも止まってしまいそうな浅い呼吸を、残りの数を数えるように繰り返していた。

「……」

恭弥は、違う人に間違えられていたことに対して何も言わなかった。

おじいちゃんの手を握りしめながら、ただ黙って俯いていた。


「弓弦のこと、青葉ちゃんにはあんまり話したことないわよね」

家までの道すがら、恭弥のおばさんがぽつりと言った。

恭弥はひとりでおじいちゃんのそばに残っている。おばさんは休むために一旦家に帰ることになり、わたしも一緒に病院をあとにした。

並んで歩きながら、おばさんは零すように話し始める。

「話さなかったのには理由があるの。別にね、青葉ちゃんに言いたくないわけじゃなかったんだけど」

「うん」

「むしろ本当は、うちの大事な家族である弓弦のことを知っていてほしいくらい」

恭弥の家族は、おじさんとおばさん、それからおじいちゃんの三人。でも、わたしが恭弥たちと出会う少し前まで、恭弥にはもうひとり家族がいた。

弓弦という、十歳年上のお兄ちゃんがいたのだ。

弓弦さんは生まれつき持っていた病気の影響で、小さい頃から何度も入退院を繰り返していたそうだ。学校にもほとんど通えないような生活を送り、そしてわたしたち親子が引っ越してくる少し前……恭弥が六歳のときに亡くなったという。弓弦さんは、まだ十六歳だった。

「弓弦が死んだあとね、恭弥、高熱を出したのよ。三日経ってやっと熱が下がったと思ったら、何も喋らなくなったし、にこりとも笑わなくなったの。そんな状態が続いたのが一ヶ月くらいかな、精神的なものだってお医者さんは言ってた」

弓弦さんの話は、お母さん伝いに聞いたことがあった。

けれど、恭弥とその話をしたことはない。家族ぐるみで仲がいいはずなのに、わたしは弓弦さんの顔すら知らなかった。

なんとなく、触れてはいけない気がしていたのだ。恭弥が弓弦さんの話題を避けていることを、子ども心に感じ取っていた。

「あの子、弓弦が亡くなる直前、弓弦に何かひどいことを言ったみたいなのよ。そのあとに弓弦の容体が急変して、そのまま亡くなって。本心じゃないことを言ってしまったことと、それを謝れないまま別れることになってしまったっていう大きな後悔が、小さな体と心では抱えきれなくなっちゃったのね」

「……」

「だから、家族みんなで決めたの。弓弦には申し訳ないけど、恭弥のために、しばらくは恭弥の前で弓弦の話はしないようにしようって。弓弦の写真や私物も全部片づけて、恭弥の目には入らないようにした。もちろん、家族みんな弓弦のことを忘れたことはないし、今も、これからも、弓弦はうちの家族に違いないけれど」

おばさんは長く息を吐いた。俯いた視線は、ゆっくりと歩く自分のつま先を見つめていた。

「恭弥も、弓弦のことは何も言わなくなっちゃったけど、あのときの後悔はきっとまだ心の奥底にあるんだろうと思ってる。だからこそ、今も弓弦のことを話そうとしないんだろうね」

弓弦さんが亡くなって十年が経った。恭弥は、お兄ちゃんと同じ歳になった。

それでもあのときのまま、今もどうしようもない後悔を胸にしまい続けているのだろうか。

死者が生きている人に声を届けられないように、生きている人も死んだ人への気持ちを伝えることはもうできない。

解消するすべのない未練を抱えているのは、決して死者だけではない。

「ねえ、おばさん」

「ん？」

「さっきおじいちゃんが恭弥のことを弓弦さんと勘違いしてたけど、ふたりってそんなに似てるの？」

訊ねると、おばさんが「そうねえ……」と首を傾げる。

「言われてみれば、似てきたかもしれないね。弓弦は病気がちで線が細かったから、恭弥とは随分体格とか雰囲気が違うけど、横顔なんかはとくに似てるかも」

「そうなんだ……横顔かあ」

「ちっちゃい頃の写真とか見比べるとそっくりよ。まあ、兄弟だからねえ」

話しているうちに家の前まで辿り着いた。またねと挨拶をし、わたしはアパートへ、おばさんは隣の一軒家へと帰っていく。

「あのさ」

と、階段をのぼる足を止め、隣の門をくぐろうとしていたおばさんを呼び止めた。

「弓弦さんの写真、見てもいい？」

おばさんはきょとんとしながらも、首を縦に振った。

「はい。これが弓弦の写真をまとめてるやつ」

居間でしばらく待っていると、おばさんが一冊のアルバムを持ってきた。深い緑色の表紙のぶ厚いアルバムだった。

「弓弦の写真を恭弥が見ないように、恭弥とはアルバムを分けてるのよ。弓弦のアルバムは他にも何冊かあるけど、これには小さい頃から十六歳までのが全部入ってるから、一番見やすいかと思って」

おばさんはテーブルを挟んだ向かいに座り、わたしの前にアルバムを置いた。

広い家にはわたしとおばさんのふたりだけ。夕焼けの差し込む静かな部屋の中で、少しだけ角の擦り切れた表紙を捲る。

弓弦さんの生まれたときからの写真が、時系列に整理され挟まれていた。

ほとんどがベッドの上や車椅子に座り撮られたものだった。幼稚園や学校に通う写真は一枚もない。

同じ歳の子と比べると発育が悪く、鼻や腕にチューブが繋がれ、ほとんどを病院と家とで過ごし、自由に動くこともままならない。そんな生活を生まれたときからずっとしていた弓弦さんは、けれどどの写真も満面の笑みをこちらに向けていた。

「明るくて優しい子だったの。闘病生活は辛かっただろうし悔しいこともいっぱいあったはずなのに、弱音は滅多に吐かなかった。むしろ家族のことを気にかけてくれるような子だったのよ」

写真の笑顔に応えるように、おばさんも優しく笑う。

「恭弥のこともすごく可愛がってたなあ。弓弦はずっと兄弟を欲しがっててね、恭弥が生まれたとき、誰よりも喜んだのが弓弦だったの。恭弥も弓弦によく懐いてたし」

「そうだったの？」

「弓弦の調子がいいときは、おじいちゃんも連れてよくお散歩に行ったりしてたよ。恭弥はそれが大好きだったの。お兄ちゃんと遊べるからって」

わたしは、恭弥と弓弦さんは仲がよくなかったのだと思っていた。だから恭弥は弓弦さんのことを話したがらないのだと。そうではなく、恭弥は弓弦さんのことが大好きだからこそ、弓弦さんを思い出すことができなくなっていたのだ。

大好きなお兄ちゃんに対する後悔が、今も恭弥を縛り続けている。そして、もしかするとそれは、亡くなってしまった弓弦さんのほうの心残りにもなっていたかもしれない。

「……」

弓弦さんは十年も前に亡くなっていて、もうとっくに成仏してしまっているけれど。

貼られた写真を一枚一枚眺めながら、ページを順に捲っていく。弓弦さんはゆっくりと成長し、五歳、十歳と歳を重ねていく。

やがて一番後ろのページに辿り着いた。

左右に三枚ずつ見開きに貼られた六枚の写真は、弓弦さんが亡くなる直前、十五歳から十六歳の間に撮られたものだった。

おばさんの言うとおり、恭弥とは雰囲気が違う。随分痩せているせいもあるだろう。でもどことなく面影があり、兄弟であると言われれば納得する程度には似た顔立ちだった。

わたしは弓弦さんの顔を初めて見た。

なのに。

その顔を知っていた。

恭弥に似ているからではない。

わたしは、宮沢弓弦の顔を、確かに、知っている。

「……嘘でしょ」

掠れた声を吐き出した。

アルバムの最後のページに貼られた写真から目を離せない。

どこかの公園だろうか、木陰の芝生に座り兄を見上げる小さい恭弥と、隣に並ぶ弓弦さんが写っている。

弓弦さんは、カメラのレンズに向かい朗らかに微笑んでいた。

こんな笑顔、見たことはないけれど。

それでも確かにそこに写る顔を、わたしはよく見知っていた。

「なんで」

・・・あいつが、ここに写っているのだろう。どうして恭弥のお兄ちゃんとあいつが同じ顔なのだろう。

答えは、たぶん、ひとつしかない。

「青葉ちゃん？　どうしたの？」

心配そうに顔を覗き込むおばさんに答えず、わたしは写真の中のその人に指を這《は》わせた。

男の子にしては小柄な体格と、涼しく整った顔立ちは、やはりどれだけ見てもわたしの知る顔と同じだ。あの顔を、忘れるはずがない。

一ヶ月間を一緒に過ごした、死神の顔を。

「キュウ」

思わず、その名前を呟いていた。

すると、おばさんが「え？」と驚いた声を上げる。

「青葉ちゃん、どうしてそれ知ってるの？　恭弥も知らないはずなのに」

どこかにメモで書いてあったかしら、とおばさんが写真を覗く。

「……なんのこと？」

「今青葉ちゃんが言ったでしょ。弓弦のあだ名よ」

「あだ名？」

「入院してた病棟で、他の子どもたちからそう呼ばれてたの。ほら、弓弦の弓の字って、音読みだとキュウって言うでしょ」

だから『キュウ』と呼ばれていたと、おばさんは言った。

わたしは息を浅く吸って止めた。

小さな欠片《かけら》が少しずつ重なっていく。

人であることをやめたあいつが、その名前で呼ばれている理由。

わたしを迎えに来た死神。

元は人間だった、恭弥にどこか顔の似た、高校生くらいの外見の男の子。

そして、十年前に十六歳で亡くなった、恭弥のお兄ちゃん。

「……」

答えはもう見えていた。

この写真に写るのは、キュウの生前の姿だ。

弓弦さんがキュウだった。キュウは、恭弥のお兄ちゃんだった。

キュウの家族は、恭弥たちだった。

「……おばさん、あのさ」

六歳の恭弥と並ぶキュウの写真を指さす。亡くなる直前だろうか、この写真が一番わたしの知るキュウと変わらない見た目をしている。

「この写真、ちょっとだけ借りてもいい？」

「ええ、いいけど……」

「ありがとう。あとでちゃんと返すから」

写真をアルバムから抜き取り、折れないように鞄の中のノートに挟んでから立ち上がった。

「じゃあ、わたし用事ができたから行くね」

「え？」

「また明日」

呆気にとられるおばさんを尻目に、わたしは恭弥の家を飛び出した。

アパートとは反対のほうへと駆けていく。

胸に寄せた手に、心臓の鼓動が強く打ちつけている。

キュウを捜さなければいけない。

弓弦さんがキュウであると気づいて、真っ先にそう思った。

今すぐに、キュウと恭弥を会わせないと。

弓弦さんと恭弥。仲の良かった兄弟。十年経った今も恭弥が弓弦さんへの思いを抱えているなら、きっと弓弦さんも同じ思いでいたはずだ。

わたしがキュウと過ごした最後の日、キュウは、人だったときには思い残すことがあった気がすると言っていた。もしかしたらその未練は、恭弥のことなんじゃないかって、ふたりの話を聞いて気づいてしまった。

——ぼくが知る人間に、もしも会えるなら、会ってみたいかもしれない。

キュウの願い。

——あのときの後悔はきっとまだ心の奥底にあるんだろうと思ってる。

恭弥の後悔。

——もうすぐぼくの役目は終わる。

キュウが本当にこの世からいなくなってしまう前に、ふたりをもう一度、兄弟として会わせてあげたい。今ならまだ、それができる。

恭弥にキュウは見えないし、キュウは恭弥のことを覚えていないけれど、それでも何もしないよりは何かが変わる。言葉は届けられる。

恭弥とキュウの未練を、解消できるかもしれない。

「……って、駄目だ!」

止まらず走り続けていた足をぴたりと止めた。空は暗くなりかけているけれど、代わりに建物の灯りが多く点き始めている。いつの間にか繁華街に近いところまで来ていて、そばを歩いていた人たちが、数人訝《いぶか》しげに振り返った。

周囲の不審な視線を、けれど今は気にしている余裕がなかった。千切れそうな肺でぜぇぜぇと呼吸をしながら、ぐるぐる回る思考をどうにかこうにか拾い集める。

興奮しすぎて重要なことを忘れてしまっていた。

キュウを捜すって、一体どうやって？

今のわたしには、キュウの姿が見えないのに。

……そうだ、生き返ってからの一ヶ月間キュウも死者も見えない生活を送っていたくせに、なぜか今はキュウが見える気になってしまっていた。恭弥と同じように今のわたしにはキュウは見えないのだ。見えなければ、捜しようもない。

「どうしよう……」

この付近は、キュウとよく通った場所ではある。繁華街はキュウの担当地区の中心で、キュウの行きつけの映画館もこの近くにある。キュウが通りかかる可能性は高く、わたしのほうから捜すことができなくても、向こうがわたしを見つけてくれることはあるかもしれない。

けれど当然、常にいるわけではない。担当地区は広いし、エリア外に行くことだって頻繁にあるのだ。そもそも、キュウがわたしを見つけたところでそれを知るすべすらこちらにはなかった。

やっぱり、キュウがどこにいるのかを知れない限りどうしようもない。なんとかしてキュウの居場所を知る方法はないだろうか。せめてキュウがそこにいるとわかりさえすれば、恭弥のもとへ連れていくことができるかもしれないのに。

「……」

近づくクリスマスに向けたイルミネーションがそこかしこで輝く。

「……そうだ」

ぱっと顔を上げた。

スマートフォンを取り出しSNSのアプリを起動する。検索ワードに単語を打ち込むと、欲しかった情報はあっという間に表示された。

SNSの情報にあった場所は、わたしのいたところからほど近い繁華街の中心部だった。

そこへ向かうと、情報どおり、紫のローブを着た女性が、シャッターの下りた店の前に座っていた。周囲の人は遠巻きに写真を撮ったり、気味悪がって距離を取って歩いたりしている。女性はそのどれも気に留めることなく、眠るように目を閉じて座っている。

「あの」

目の前にしゃがんで、恐る恐る声をかける。一度目は無視され、もう一度「すいません！」と大声で呼びかけると、女性が気だるげに目を開けた。

「何？」

「えっと、わたしのこと、覚えてます？」

「んん？」

女性は眉を寄せ、じっとわたしを睨んだ。

数秒間見つめ合ったあと。女性が両目を大きく見開く。

「あっ、あんた、前に見かけた悪霊！」

女性の叫んだ言葉に周囲はざわつく。わたしだって普段であればぎょっとしただろうし、前に言われたとき――幽体離脱中に会ったときには、結構ショックを受けて落ち込んだ。けれど今は、その言葉を待っていた。

「そう、そうです！　わたし、あのときあなたに祓われかけた！」

「でも今は、人間……？」

「ねえ、わたしのことを覚えてるなら、あのときわたしと一緒にいた男の子のことも覚えてますか？」

詰め寄ると、女性はふんっと鼻を鳴らし頷く。

「あのひょろっとした子どもの悪霊なら、ついさっき見かけたよ。でも逃げられた」

「ど、どこで？　どこに行った？」

「あっちの、あの路地に入ったところまでは追い詰めたんだけどね。この辺りでよく見るんだけど、いつも逃げられるんだよ」

女性は車道を挟んだ向かいの道を指さした。

行き交う人の波の向こう側、居酒屋の看板が光るビルとビルの間に、細い通りが続いているのが見えていた。

「あそこにキュウが……あ、ありがとうございます。ねえ、あの……一緒にそいつのこと捜してくれたりしません？」

「嫌だよ。今日はもう店仕舞い」

「そ、そうですか」

「何、あんたもあの悪霊を退治しようとしてるの？」

「いや、違いますけど……」

がっくりうな垂れる。でも、情報をもらえただけでも十分な成果だ。

「ねえ、あんた何者？」

立ち上がるわたしに女性が言った。

「悪霊だったり人間だったり、変な子だね」

「変って、あなたに言われたくないですよ……あ、そうだ、その男の子、悪い霊じゃないから、今度から見かけても除霊しないでやってください」

わたしは女性に頭を下げてから駆け出した。女性は、唇を歪めて首を傾げていた。


路地に人影はなかった。振り向けば大通りの喧騒がすぐそばにあるのに、一歩この路地に入っただけでまるで違うところにいるかのように空気が変わる。

昼が短い冬の空は、もうとっくに夜の色になっていた。こんな場所に月明かりが届くはずもなく、スナックの妖しい看板の灯りを頼りに、暗い路地を奥へ進む。

「……キュウ、いる？」

進みながら、暗がりに問いかけてみる。もちろん返事はない。

冷たい風が通り抜け、わたしは思わず首を竦《すく》める。

「キュウ、いるなら、聞いてほしいことがあるの」

ここにキュウがいるかどうかわからない。もうとっくに別の場所へ行っているかもしれない。あの女性が見たのが本当にキュウであるとも限らない。

それでも、すぐそばにいると信じるしかなかった。

「お願い、キュウに会ってほしい人がいるんだ。どうしても、あんたに会わせたい人がいるの」

　もしここに、本当にキュウがいたとして。そして恭弥に会わせられたところで、今のキュウにとっては恭弥はただのわたしの幼馴染みでしかない。過去を覚えていないキュウには、恭弥は赤の他人なのだ。

　けれど。

「キュウ言ってたよね。できるなら家族に会いたいって。心残りがあったような気がするって。あんたの心残りって、もしかしてその家族に関することじゃないのかな。キュウはたくさんの人の未練を聞いて手を貸してあげてきたのに、自分は心残りがあるまま成仏するなんて、絶対におかしいよ」

――光島渚と高村岬が報われるとは限らない。新たな後悔も生んだかもしれない。ただ、意味はあっただろう。

　そう言ったのはキュウだ。この行動だって、意味があると思いたい。

「だからわたし、キュウの未練を解消したい。キュウが役目を終えるとき、心置きなく天国に行ってほしいんだ。それから、もうひとり……背中を押したい人がいる」

　すでにキュウは……弓弦さんは亡くなっている。死者と生者は本来かかわることはない。弓弦さんへの後悔を抱え続けることが、恭弥の運命なのかもしれない。

　だけどわたしに〝運命〟なんてものを説けるはずがない。わたしはそれを捻《ね》じ曲げて、今ここに生きているのだから。

「だから、キュウ!」

声の端が建物に響いてこだました。音が消え、一度しんと静かさが満ちた、そのあとで、

「うるさい奴だな」

聞き慣れた声が、聞こえた。

はっとして目を向ける。

閉まっている喫茶店の室外機に、腕を組みながらしかめ面をして座っている男の子がいた。ガラス玉のような瞳は、つまらなそうに道の端の雑草へ向いている。

「ぼくが死んだのは十年も前だというのに、覚えていない未練をどうのこうの。一体なんのつもりだ? だいたいぼくのことは見えていないくせに、こいつ」

「いや、見えてるけど……キュウ」

名前を呼ぶと、キュウの肩がぴくりと揺れた。

目が合い、キュウが驚いた表情を浮かべる。

「……青葉。なんだ、もしかしておまえ、ぼくが見えているのか?」

「うん、見えてる。嘘、どうして?」

「どうしてなんて、こっちが言いたい」

キュウはぐぐっと眉間にしわを寄せると、深くため息を吐いた。組んでいた腕を解

き、こめかみを掻く。

「ひと月干渉していた影響か。もう一度近づいたせいで知覚できるようになってしまったのかもな」

「そんなことあるの？」

「さあ。だが、元々見える奴には見えるから」

考えたところで答えは出ない。生きるか死ぬかの間で揺れていたわたしの存在そのものがイレギュラーだったのだ、それがどんな影響を及ぼすか、キュウだってわからないはずだ。

　それに理由なんてどうでもいい。

　キュウの姿が見え、声が聞ける。その事実があるだけで十分だった。

「それで、ぼくになんの用だって？」

「そう、そうだ。キュウ、一緒に来てよ。キュウに会わせたい人がいるから」

「ぼくは忙しいんだ。ひとつ仕事を終えたばかりで、もう次の仕事が入っている」

「急ぎじゃないならちょっとくらい時間を作ってくれたっていいじゃん。わたしはあんたに一ヶ月付き合ってたんだから、仕事が入ったからって大至急駆けつける必要はないってことくらい知ってるんだよ」

　キュウはむっと口を噤み、細めた目をわたしに向けた。

「……会わせたい人とは？」

少し間を置いて、キュウがそう呟く。

「キュウの家族」

「ぼくは人じゃないから家族はいない」

「人間だった頃の家族ならいるでしょ」

「覚えていないからわからない。ぼくは自分の名前すら知らないんだ」

「知ってるよ。わたし、キュウの名前、知ってるの」

「……なんだって？」

驚くよりも、疑っているような口振りだ。

わたしはキュウに、恭弥のおばさんから借りてきた写真を見せた。

「これが証拠」

キュウは眉をひそめながら写真を覗く。

「これは……ぼくか？」

「そうだよ。キュウが生きていたときの写真」

「なんでおまえがぼくの生前の写真を持っている？」

「こっちの小さい男の子が、恭弥だから」

「恭弥は……確かおまえの幼馴染みじゃ」

「そうだよ。キュウも会ったことがあるわたしの幼馴染み。恭弥は、キュウの弟なんだ」

「ぼくの、弟？」

キュウの目が見開かれた。ガラス玉の瞳には、なんの光も反射しない。

「そうだよ。ねぇキュウ、あんたの生きていた頃の名前は、宮沢弓弦」

「弓弦……」

「弓弦さんはね……キュウはね、十年前に亡くなった恭弥のお兄ちゃんなんだよ」

キュウと恭弥を会わせることは、運命に喧嘩を売っていることになるのかもしれない。でもわたしは、わたしが恭弥と出会い、そしてキュウと出会ったことこそが、本当の運命なんだと思う。

いや、これは運命なんかじゃない。きっと奇跡だ。

「恭弥」

キュウが、そう呟いたとき。

わたしは思わず声を上げそうになった。

キュウの目から、涙が零れていた。

「……キュウ」

わたしよりも驚いていたのがキュウだ。キュウは何度も瞬きをし、自分の手のひらに落ちる涙の雫《しずく》を不思議そうに眺めた。

「なん、だ。涙？　ぼくはなんで泣いている？」

「なんでって、心があるからだよ。キュウは、生きていたときのこと、きっと忘れてないんだね。本当は心のどこかで覚えてるんだ」

「心だって？」

「ねえキュウ、お願い。わたしと一緒に来て」

キュウに向かって手を伸ばす。

向かい合う手がこの手を掴まなくても、連れていくつもりしかないけれど。だって、涙で濡れたその瞳が、もう答えを出しているから。

「あんたが成仏する前に、わたしがキュウと恭弥の未練、解消してあげる」

外来の受付はとっくに終わっていて、入院患者への面会時間も間もなく終わるこの時間、人の出入りはほとんどなく、病院の中庭にも人影はなかった。

わたしはキュウと一緒に、芝生の中にある小さな池の横で待っていた。

足元の照明がわたしたちのまわりだけを照らしている。キュウは、さっきから何も言わず俯いている。

「青葉」

声に振り返る。恭弥が飛び石を渡りこちらに向かってきていた。

「どうした、急に呼び出して。それにこんな時間に病院に来るなんて……言ってくればおれが青葉の家に行ったのに」

「ごめん。どうしてもすぐに伝えたいことがあって。おじいちゃんは？」

「今親父がそばにいるから大丈夫」

「そう」

「それで、話って？」

恭弥は、キュウの存在にまったく気がつかない。

その目はわたしだけを見て、これからどんな話があるのかの予感もなく、不思議そうに首を傾げている。

「あのね、キュウが、今ここにいるんだけど」

恭弥は少しだけ驚いたようだった。わたしが示したほうに視線を遣り、何もない暗闇の中を探るように目を細める。

「キュウって、おまえが言ってた、死神みたいな？」

「うん、そう」

「なんで、おまえ、もう見えなくなったんじゃ」

「そのはずだったんだけど、どうしてかまた見えるようになっちゃって。でもそれはどうでもいいんだ。話したかったのは、そんなことじゃなくて」

わたしは恭弥に写真を差し出した。

おそらく恭弥も初めて見るのだろう弓弦さんの最後の写真を、恭弥はじっと見つめ、ほんの少し指先を震わせながら受け取った。

「これ、兄ちゃんの」

「あのね、そこに写ってるのが、キュウ」

「……は？」

「そこにいる人が、今ここにいる。恭弥のお兄ちゃん……弓弦さんが、キュウだったんだ」

恭弥は丸く見開いた目をわたしに向けた。

三度呼吸を繰り返す、沈黙のあと。

「何、言って。冗談やめろよ」

恭弥が掠れた声で言う。

「おれだって、さすがに怒るぞ」

「あんたが冗談だと思うならそれでいいよ。あんたがわたしを、こんな冗談を言う人間だって思ってるなら」

「やめろ、青葉……冗談って、言えよ」

「恭弥。嘘だと思っててもいいから。キュウを見てあげて」

ふたりの未練を解消してあげる、なんて、キュウには見えを切ったけれど、本当は、わたしにできることなんてほとんどない。

キュウを恭弥に会わせられただけで、そこからのことは……恭弥がお兄ちゃんへ言いたかったはずのことを伝えるのも、キュウが恭弥へ残したかった言葉を言うのも、わたしではなく、ふたりにしかできないことだ。

「……」

恭弥は短く息を吸い、何もない暗闇へゆっくりと視線を戻した。

キュウよりも背が高く、キュウよりも精悍《せいかん》で大人びた顔つきをしながら、けれど小さな子どものように今にも泣きそうな顔で。

見えていないはずなのに、真っ直ぐに、キュウのことを見つめて。

「兄ちゃん？」

そう呟いた、その声を、キュウは聞いていた。

わたしは、思わず上げそうになった声を呑み込んだ。

じっと黙って恭弥を見つめていたキュウの目が、星みたいにきらきら光っていたから。

それは作り物のガラス玉のようだった瞳とは違う。鮮やかな感情が浮かぶ、心のある人間のものだ。

確かめなくてももう気づいていた。キュウが、忘れていたことを思い出したことを。

生きていたときの記憶と心を。

「キュウ」

「青葉、ぼくと手を、繋いでくれ」

キュウがわたしに左の手のひらを向ける。わたしは言われたとおりに右手を乗せ、自分のと変わらない大きさのキュウの手を握った。

「反対の手を、恭弥と」

わたしは頷いて、空の左手を恭弥に伸ばす。

「恭弥、手を貸して」

「……何を」

「わからない」

何が起きるかはわからない。でも、わかっている。

きっとこれから、一番の、奇跡が起こる。

「恭弥」

わたしよりもひとまわり大きい手が、わたしの左手を包み、緩く握った。

そのとき。

ふたつの繋ぎ目から、ほろほろと光が零れ出した。

キュウが魂を導くときのと似たような、けれどあれよりも柔らかな光が、わたしたちの手のひらから零れ、溢れ、体中を包み込む。

夜に光が満ちていく。

その眩しさに、少しだけ目を閉じた。

そしてふたたび開いたとき、わたしを挟んで向かい合っていたふたりの視線が、重なっていた。

「兄ちゃん」

「ああ、恭弥」

キュウは優しく目を細め、恭弥は大きく瞼を開く。

「嘘、だろ。本当に、兄ちゃんなの？」

「恭弥、おまえ随分大きくなったんだな。もうぼくよりもずっと背が高い」

「……だって、そりゃ、おれもうすぐ、十七になるから」

「そう。ぼくよりも年上になるのか」

十年という時間の中で、恭弥はまるで見た目が変わり、キュウはずっと同じ姿のままでいた。恭弥はこれからも歳を取り、十六で死んだ兄よりも、ずっと大人になっていく。

それでもいつまでも、恭弥は弓弦さんの弟だった。

「兄ちゃん、ごめん」

震える声が、請うようにそう言った。

「恭弥？」

「ごめん、おれを嫌ってるよね、ごめん……！」

恭弥の下瞼に涙が溜まっていく。一度の瞬きで溢れ、歪んだ唇の端を流れていく。

「だっておれ、兄ちゃんにひどいこと言ったから。どうしても、ずっと、謝りたかったけど、謝ったって、許してもらえるはずもない」

「……」

「兄ちゃんが誰より苦しい思いをしてるのを知ってたくせに、みんなが兄ちゃんに構ってるのが羨ましくて、馬鹿みたいな嫉妬して。なんでいつも兄ちゃんばっかりって、兄ちゃんなんていなきゃよかったなんて」

それは十年間、恭弥の心の中にあり続けた未練だった。弓弦さんに向かって心ないことを言ってしまった。謝ることができないまま、弓弦さんは死んでしまった。

二度と伝えられない思いが、後悔となって恭弥の心を縛っていた。

「本当はあんなこと言うつもりじゃなかったんだ。兄ちゃんがいなきゃいいなんて思ったことない」

「ああ」

「おれは兄ちゃんに、ずっと一緒にいてほしかった。一緒にサッカーできなくても、旅行できなくてもいい。兄ちゃんがいてくれるだけで、よかった」

「……ああ」

キュウは静かに呟き、空いていた右の手を、俯く恭弥の頬に寄せた。

「わかってる、恭弥」

恭弥が顔を上げる。止まることなく流れる涙を、キュウの指先が拭う。

「ぼくはおまえがどれだけ我慢強く思いやりのある子かを知っている。ぼくは、おまえの優しさに甘えてしまっていたんだ。兄なんだから、もっとおまえが我儘を言えるようにしないといけなかった。ぼくこそ悪かった。恭弥、許してくれ」

「そん、な。なんで、兄ちゃんが。兄ちゃんはなんにも悪くないよ」

「ううん。ぼくは駄目な兄だった。でも、おまえが今もぼくを兄と認めてくれるなら、ぼくはおまえを許すから、おまえも兄ちゃんを許して。それで仲直りしよう」

ね、と語りかけるキュウに、恭弥は何も答えなかった。かすかな嗚咽が漏れる唇を噤む、その代わりに、恭弥は自分の頬に触れる手に手を重ねた。

「……ぼくの大事な弟。恭弥、おまえを嫌ったことなんて一度もないよ。今だってそうだ。ぼくは、おまえが生まれたその瞬間から、おまえの幸せしか願っていない」

初めて出会ったときには想像もつかなかった、穏やかな声でキュウは言う。

「ずっと兄弟が欲しかった。近いうちにいなくなるぼくの代わりに、父さんや母さんを支えてくれる人がいてほしいって思ってたんだ。だから母さんが弟を妊娠したときは嬉しかった。でも、生まれたばかりのおまえを見て、おまえはぼくの代わりなんかじゃないって気づいたんだ」

「……」

「ただただ愛おしかった。ぼくを慕って、笑ってくれる可愛い子。恭弥には、ぼくの代わりなんかじゃなく、恭弥自身の幸せな人生をしっかりと歩いてほしかった」

キュウは……弓弦さんは、恭弥の抱える思いに気づいていたのだろう。自分に投げた言葉が本心でないことも、それを後悔していることも。けれど、気にしてなんていないことを、伝えることができなかった。優しい弟が、自分のせいで前を向けないかもしれないことを悔いた。

それだけが、十六年の人生に残した、弓弦さんの未練だった。

「兄ちゃんの人生は、幸せだったの？」

その問いに、キュウは迷いなく頷く。

「幸せだったよ。大切な人たちに愛された。それが、ぼくの幸せだった」

嘘偽りないことは恭弥もわかっているはずだ。

不自由でも、短くても、弓弦さんは確かに満ち足りた生を送った。

「恭弥。もう大丈夫。だからおまえは真っ直ぐ前を向いて歩いていけばいい」

その言葉さえ伝えられれば、何も思い残すことなく、この世を離れられるくらいに。

キュウは、幸せだったのだ。

「うん」

一層流れる恭弥の涙を、キュウはもう拭わなかった。

恭弥も気の済むまで、小さな子どもみたいに声を上げて泣いた。

きっともう二度とこんな泣き方をしないだろう幼馴染みの泣き顔を、わたしは黙って、隣で眺めていた。


面会時間はほんの少し過ぎているけれど、すれ違う看護師さんには何も言われなかった。

病室に入ると、恭弥のおじさんがうたた寝をしていて、恭弥は呆れたようにため息を吐いた。

「父さん、ぼくの病室でもよく寝ていたな」

キュウはおじさんに伸ばしかけた手を、でも触れる前に止め、ベッドで寝ているおじいちゃんのそばへと歩み寄る。

おじいちゃんは、静かに寝ていた。繋がれたモニターが刻む鼓動で、まだ魂がここにあることがわかる。

「おじいちゃん」

　ささやかな呼び声は、普通なら届くはずがない。

　しかし不思議と、待っていたかのように、閉じられていたおじいちゃんの瞼が開く。

「……弓弦？」

「ああ。おじいちゃん、久しぶりだね」

　おじいちゃんの手に、キュウは自分の両手を添わせた。

　おじいちゃんの手は骨ばっていてしわしわで、キュウの手は女の子のように白く、綺麗だった。

「なんだ、弓弦がお迎えに来たってことは、じいちゃんは死んだのか？」

「いいや、生きているよ。だがその命は間もなく尽きる。あなたの寿命がやって来る」

「そっか。まあ、十分生きたしなあ」

「ああ、あなたは立派に生きた」

　顔に刻まれたしわが、いくつも重ねた歳が、死に際に寄り添ってくれる家族の存在が……おじいちゃんが懸命に生き、命を繋ぎ、大切なものを大切にしてきた証となっていた。

自分は生きたのだ、と、十分に胸を張って言える人生だった。

「満ち足りたその生が終わりを告げ、あなたが死を受け入れたそのときには、間違いなく、ぼくが迎えに来る」

「弓弦が？」

「ああ。一緒に、行くべきところへ行こう」

キュウが告げる。

おじいちゃんは三度瞬きをして、いびつな形で、けれど満面で笑った。

「そりゃあ、安心だ」

それから四日後に、恭弥のおじいちゃんは息を引き取った。

◇

おじいちゃんのお葬式は、冬晴れの穏やかな日に執り行われた。

わたしは家族ではないけれど、恭弥たち一家からの申し出もあり、火葬場まで一緒に行かせてもらい、おじいちゃんの棺が炉に入るのを見届けた。

火葬が終わるまでの間、わたしはひとりで火葬場の外に出て、フェンスに寄りかかりながら周囲の景色を眺めていた。市街地から離れた場所に建てられたこの火葬場のまわりは、のどかな田園風景ばかり広がっている。

「青葉」

振り向かずにいると、隣に古臭いデザインの襟付きシャツを着た死神が並んだ。

「ひとりか。おまえ、友達いないのか」

「あんたにだけは言われたくない。ねえ、おじいちゃんの様子はどう？」

「今は家族に寄り添っている。この世に縛る未練もなさそうだ。もう数日したら迎えに来よう」

「そっか。キュウが連れてってくれるなら安心だね」

わたしは何も植えられていない田んぼを見ていた。

キュウは、わたしとは反対のほうを向いていた。

今日はよく晴れているから、マフラーがなくても寒くない。喪服代わりの制服の上にも、何も羽織らなくてもいいくらい、とてもあたたかな、いい天気だった。

「宮沢十治《とうじ》……祖父を導くことが、ぼくの最後の仕事になる」

いつもと変わらない無機質な口調で、キュウが言った。

「役目が終わるの？」

「ああ」

「じゃあキュウは、おじいちゃんと一緒に成仏できるんだね」

ああ、と同じ返事を繰り返したあと、ほんの少し間を空けてから、キュウは続ける。

「……最後に家族に会えてよかった。それだけは、おまえに感謝している」

キュウに振り向いた。キュウはわたしを見ず、素っ気ない顔つきのままでどこかを見ている。

「まさかあんたに感謝される日が来るとは」

「ぼくをなんだと思ってるんだ。やってもらったことの礼くらい言う。ああ……あと、恭弥をよろしく頼む。ああ見えて泣き虫で、怖がりな子だから」

「知ってるよ。それからお節介焼きで心配性」

「おまえのような能天気が相手では、あの子は苦労しそうだな」

「何言ってんの。いつも恭弥のお節介に巻き込まれてるのはわたしのほうなんだよ」

そうか、とキュウは呟いた。

涼しげな横顔には色濃い表情はない。でももうその顔を見ても、作り物の人形のようだとは思わなかった。

「言いたかったのはそれだけだ。ぼくは他の仕事へ行く。じゃあな」

キュウが足を踏み出す。

一ヶ月間、いつも後ろを追いかけていた華奢な背中が離れていく。

ねえ、と、わたしはその背に声をかけた。

「キュウがわたしの死神でよかった」

言いそびれていたことをようやく伝えることができた。

「わたしだけの人生、精一杯生きてみる」

どんな日々になるだろう。まだわからない。

先の見えない未来を、不恰好でも不器用でも、かっこ悪くても、どうにかわたしなりに歩いてみるしかない。

生きる意味なんてなくても人は生きられるし、生きていい。誰に誇れなくても、それは誰とも比べられない自分だけの人生で、自分がいいと思えば、それが唯一無二のいい人生なのだから。

わたしはまだ、自分の人生が満ち足りているとは言えない。でも、最後の日に胸を張ってそう言える日々を、歩いていこうって今は思っている。

いつか来る最後のときに、いい人生だったと叫んでやれば、さすがのあんたもわたしのことを褒めてくれると思うから。そのとき迎えに来るのがあんたじゃなくても、わたしはそいつに自分の一生とわたしの死神の話をしてあげよう。

それはもう、嫌がられるくらい、満ち足りた人生の話を。

「そうか」

キュウが振り返る。

「せいぜい頑張れ」

そう言って、キュウは笑った。

「青葉」

恭弥が呼んでいる。

そちらに目を向け、もう一度振り返ると、キュウの姿はなかった。

風が吹く。

北風とは違う、大きく息を吸い込みたくなるような、あたたかい風だ。

「青葉……どうした？」

「ううん、なんでもないよ」

「もしかして、兄ちゃんがいた？」

「でもたぶん、もう二度と、わたしにも見えない」

「そっか」

風はどこからか吹いてどこかへ向かう。行き着く先は、誰にもわからない。

「行こう、青葉」

「うん」

自分の進みたいその場所に向かって。

終わりまで続いていく未来へ向かって。
わたしたちは、足を踏み出す。

あとがき

こんにちは。沖田円です。このたびは『僕らの夜明けにさよならを』をお手に取っていただきありがとうございます。

『死神にはなむけを』という、最終章の章タイトルにもなっている原題で書き始めたこの物語、『死神』という単語の表すとおり、生きることと死ぬことを描いたものになっております。

実は私は、この『生きる、死ぬ』というテーマがあんまり好きじゃないんです。若い世代に向けた作品だったりするとなおさら。どうにも説教臭くなりがちで、読み手に考えを押し付けてしまいそうで、でもそういう小説は書きたくないなあと思っていたんです。

そんな考えの人間が書いてみた、生きることと死ぬことの物語がこの本です。

本作の主人公・青葉は、主人公でありながら、最初から最後まで脇役でもありました。誰かの生と死を見守る立場だったんですね。初めにキュウに問われた生きる意味についての答えも、最後まで出せないままです。

あえて青葉を脇役にしたのは、この本を、誰かひとりの物語にしたくなかったからでした。生きること、命のこと、私はまだまだそんなことを伝えられる人間ではありません。だからこの本は、学ぶ物語ではなく、考える物語にしようと思いました。青葉と同じように、生きることを考える、そのきっかけにと思ったんです。

「命は大事に」「死んじゃ駄目だ」言うのは簡単ですし、真っ直ぐにそう伝えることはとても大切です。ただ、生きる意味がわからなくなるときもあります。どうしようもなくなるときもあります。立ち止まって深呼吸をし、ゆっくりと自分の人生を考えるときもきっと必要で、この本が、その気づきの手助けになるときがあればと思いながら、一生懸命書き上げました。

なんて、偉そうに語りましたが、何も考えず「あー読み終わった。じゃ、次は何読もう」と思ってくださるだけでも嬉しいです。

最後にもう一度お礼を。本作に関わってくださった方々、そして出会ってくださった読者様、本当にありがとうございました。それではまたどこかで、お会いできますように。

沖田円

この物語はフィクションです。実在の人物、団体等とは一切関係がありません。

沖田 円先生へのファンレターのあて先
〒104-0031　東京都中央区京橋1-3-1　八重洲口大栄ビル7F
スターツ出版（株）書籍編集部 気付
沖田 円先生

僕らの夜明けにさよならを

2020年11月28日　初版第1刷発行

著　者　　沖田円　

発 行 人　菊地修一
デザイン　カバー　長﨑綾（next door design）
　　　　　フォーマット　西村弘美

発 行 所　スターツ出版株式会社
〒104-0031
東京都中央区京橋1-3-1　八重洲口大栄ビル7F
出版マーケティンググループ　TEL 03-6202-0386
（ご注文等に関するお問い合わせ）
URL　https://starts-pub.jp/
印 刷 所　大日本印刷株式会社

Printed in Japan

ISBN　978-4-8137-1007-3　C0193

この1冊が、わたしを変える。
スターツ出版文庫　好評発売中!!

一瞬の永遠を、きみと

沖田《おきた》円《えん》／著
定価：本体540円＋税

読書メーター
読みたい本ランキング 第1位

発売後
即重版!!

生きる意味を見失ったわたしに、
きみは“永遠”という希望をくれた。

絶望の中、高１の夏海は、夏休みの学校の屋上でひとり命を絶とうとしていた。そこへ不意に現れた見知らぬ少年・朗。「今ここで死んだつもりで、少しの間だけおまえの命、おれにくれない？」――彼が一体何者かもわからぬまま、ふたりは遠い海をめざし、自転車を走らせる。朗と過ごす一瞬一瞬に、夏海は希望を見つけ始め、次第に互いが“生きる意味”となるが…。ふたりを襲う切ない運命に、心震わせ涙が溢れ出す！

ISBN978-4-8137-0129-3
イラスト／カスヤナガト

この1冊が、わたしを変える。
スターツ出版文庫　好評発売中!!
きみに届け。はじまりの歌
沖田《おきた》円《えん》／著
定価：本体570円＋税
ラストは涙
わたしらしさって、なんだろう――。
永遠のテーマを心に刻む、感涙小説。
進学校で部員６人のボランティア部に属する高２のカンナは、ある日、残り３ヶ月で廃部という告知を受ける。活動の最後に地元名物・七夕まつりのステージに立とうとバンドを結成する６人。昔からカンナの歌声の魅力を知る幼馴染みのロクは、カンナにボーカルとオリジナル曲の制作を任せる。高揚する心と、悩み葛藤する心…。自分らしく生きる意味が掴めず、親の跡を継いで医者になると決めていたカンナに、一度捨てた夢――歌への情熱がよみがえり…。沖田円渾身の書き下ろし感動作！
きみに届け。はじまりの歌
沖田円
スターツ出版文庫
イラスト／フライ
ISBN978-4-8137-0377-8

スターツ出版文庫　好評発売中!!

『理想の結婚お断りします～干物女と溺愛男のラブバトル～』白石《しらいし》さよ・著

某T大卒で、一流商社に勤める紺子。学歴は高いが恋愛偏差値の低い筋金入りの干物女子。完璧に見える紺子には致命的な欠点が…。その秘密があろうことか人事部の冷酷無慈悲なイケメン上司・怜二にバレてしまう。弱みを握られ、怜二を憎らしく思う紺子。そんな中、友人の結婚式にパートナー同伴で出席を求められ大ピンチ！しかし、途方に暮れる紺子に手を差し伸べたのは、冷酷無慈悲なはずの怜二だった。彼はある意地悪な条件付きで、偽装婚約者になると言い出して…!?

ISBN978-4-8137-0990-9／本体600円+税

『明治ロマン政略婚姻譚』朝比奈希夜《あさひなきよ》・著

時は明治。没落華族の令嬢のあやは、妾の子である故に、虐げられて育った。急死した姉の身代わりとして、紡績会社の御曹司・行基と政略結婚することに。麗しい容姿と権力を持つ完璧な行基。自分など釣り合うわけがない、と形だけの結婚として受け入れる。しかし、行基はあやを女性として扱い、宝物のように大切にした。あやにとって、そんな風に愛されるのは生まれて初めての経験だった。愛のない結婚のはずが、彼の傍にいるだけでこの上ない幸せを感じるようになり…。孤独だった少女が愛される喜びを知る、明治シンデレラ物語。

ISBN978-4-8137-0991-6／本体630円+税

『たとえ、僕が永遠に君を忘れても』加賀美真也《かがみしんや》・著

母が亡くなったことで心を閉ざし思い悩む高１の誠。そんな彼の前に、突然千歳という天真爛漫なクラスメイトが現れる。誰とも関わりたくない誠は昼休みに屋上前でひっそりと過ごそうとするも、千歳が必ず現れて話しかけてくる。誠は日々謎の悪夢と頭痛に悩まされながらも、一緒に過ごすうち、徐々に千歳の可愛い笑顔に魅力を感じ始めていた。しかし、出会ってから半年経ったある日、いつものように悪夢から目覚めた誠は、ふたりの運命を引き裂く、ある過去の記憶を思い出し…。そして、彼女が誠の前に現れた本当の理由とは――。時空を越えた奇跡の青春ラブストーリー！

ISBN978-4-8137-0992-3／本体620円+税

『鬼の花嫁～運命の出逢い～』クレハ・著

人間とあやかしが共生する日本。絶大な権力を持つあやかしの花嫁に選ばれることは憧れであり、名誉なことだった。平凡な高校生・柚子は、妖狐の花嫁である妹と比較され、家族にないがしろにされながら育ってきた。しかしある日、類まれなる美貌を持つひとりの男性と出会い、柚子の運命が大きく動きだす。「見つけた、俺の花嫁」―。彼の名は鬼龍院玲夜―あやかしの頂点に立つ鬼だった。玲夜から注がれる全身全霊の愛に戸惑いながらも、柚子は家族から逃れ、玲夜のもとで居場所を見つけていき…!?

ISBN978-4-8137-0993-0／本体630円+税

書店店頭にご希望の本がない場合は、書店にてご注文いただけます。